हिन्द पॉकेट बुक्स

बाम्हन की बेटी

शरत्चन्द्र चट्टोपाध्याय बांग्ला के सुप्रसिद्ध उपन्यासकार एवं लघु कथाकार थे। उनकी अधिकांश कृतियों में गाँव के लोगों की जीवनशैली, उनके संघर्ष एवं उनके द्वारा झेले गए संकटों का वर्णन है। इसके अलावा उनकी रचनाओं में तत्कालीन बंगाल के सामाजिक जीवन की झलक मिलती है। शरत्चन्द्र भारत के सार्वकालिक सर्वाधिक लोकप्रिय तथा सर्वाधिक अनूदित लेखक हैं। 16 जनवरी 1938 ई. को कलकत्ता में 62 वर्ष की उम्र में उनका निधन हुआ।

बाम्हन की बेटी

शरत्चन्द्र

हिन्द पॉकेट बुक्स
पेंगुइन रैंडम हाउस इम्प्रिंट

हिन्द पॉकेट बुक्स

यूएसए। कनाडा। यूके। आयरलैंड। ऑस्ट्रेलिया। सिंगापुर
न्यू ज़ीलैंड। भारत। दक्षिण अफ़्रीका। चीन

हिन्द पॉकेट बुक्स, पेंगुइन रैंडम हाउस ग्रुप ऑफ़ कम्पनीज़ का हिस्सा है,
जिसका पता global.penguinrandomhouse.com पर मिलेगा

पेंगुइन रैंडम हाउस इंडिया प्रा. लि.,
चौथी मंजिल, कैपिटल टावर -1, एम जी रोड,
गुड़गांव 122 002, हरियाणा, भारत

पेंगुइन
रैंडम हाउस
इंडिया

प्रथम संस्करण हिन्द पॉकेट बुक्स द्वारा 1994 में प्रकाशित
यह संस्करण हिन्द पॉकेट बुक्स में पेंगुइन रैंडम हाउस द्वारा 2022 में प्रकाशित

10 9 8 7 6 5 4 3 2

इस पुस्तक में व्यक्त विचार लेखक के अपने हैं, जिनका यथासंभव तथ्यात्मक
सत्यापन किया गया है, और इस संबंध में प्रकाशक एवं सहयोगी
प्रकाशक किसी भी रूप में उत्तरदायी नहीं हैं।

ISBN 9789353496678

मुद्रकः रेप्रो इंडिया लिमिटेड

www.penguin.co.in

FSC www.fsc.org
MIX
Paper from
responsible sources
FSC® C047271

This is a legitimate digitally printed version of the book and therefore might not
have certain extra finishing on the cover.

बाम्हन की बेटी

मुहल्ले का चक्कर लगाकर रासमणि तीसरे पहर घर की ओर आ रही थीं। दस-बारह वर्ष उम्र की नातिन उनके आगे-आगे चल रही थी। गांव की संकरी गली के उस ओर बंधा एक बकरी का बच्चा रास्ते में ही सो गया था। सहसा उसे देखकर दादी नातिन पर बिगड़ पड़ीं–"अरी छोकरी! रस्सी न लांघ जाना! ओ:! लांघ गई? हरामजादी, ऊपर देखती चलती है, सुझाई नहीं देता कि बकरी बंधी है?"

नातिन बोली–"बकरी का बच्चा तो सो रहा है दादी!"

"सो रहा है! तब दोष थोड़े ही है! मंगल-सनीचर के दिन तू रस्सी लांघ गई–हैं?"

"तो इससे क्या होता है दादी?"

"क्या होता है? मुंहजली, बाम्हन के घर की दस-बारह साल की धींगड़ी, तूने इतना भी नहीं सीखा कि बकरी की रस्सी नहीं लांघनी चाहिए–हर्गिज नहीं! उस पर कह रही है-क्या होता है! इन पाजियों के बकरी पालने के कारण तो अब रास्ता चलना दूभर हो गया! भला, आज मंगल के दिन लड़की रस्सी लांघ गई! बकरी सड़क पर क्यों बांधी? उनके घर क्या बच्चे नहीं हैं? उनका क्या कुछ भला-बुरा नहीं हो सकता?"

सहसा रासमणि की निगाह लगभग बारह-तेरह साल की एक दूले (बंगाल की एक निम्न जाति) की कन्या पर पड़ गई। वह बेचारी घबराकर बकरी के बच्चे को हटाने आ रही थी। उसे देखते ही बुढ़िया चीखकर बोली–"तू कौन है री? मरी, कैसे चलती है, देह से सटी जा रही है! कुछ सूझता नहीं तुझे? लल्ली से अपना अंचरा तो नहीं छुला दिया?"

दूले की बिटिया सिटपिटाकर बोली–"नहीं दादी जी, मैं तो इधर से जा रही हूं।"

रासमणि ने बुरी तरह मुंह बनाकर कहा–"इधर से जा रही हूं!–तुझे इधर से जाने की जरूरत? जान पड़ता है, बकरी तेरी ही है। मैं पूछती हूं तू किस जाति की है?"

"हम लोग दूले हैं, दादीजी!"

"दूले? ऐं! ऐसे कुसमय तूने छू दिया? लड़की को नहाना पड़ेगा न!"

नातिन बोल उठी–"मुझे तो उसने नहीं छूआ दादी!"

रासमणि डांटकर बोलीं–"चुप रह मुंहजली! मैंने अपनी आंख से देखा कि इस लड़की के आचर का छोर तुझसे छू गया।–जा, तालाब में डुबकी लगाकर मर! नहाकर तब घर में घुसना। ओह, अब तो जाति-पांति की रक्षा भी कठिन हो गई! नीच जातियों की बढ़ती हो रही है, देव-ब्राह्मण की कहीं पूछ न रही। हरामजादी, दूलों के मुहल्ले से यहां बकरी बांधने आई है!"

दूले बालिका भय और लग्जा से गड़ गई; बकरी के बच्चे को छाती से लगाकर इतना ही कह सकी–"दादीजी, मैंने नहीं छुआ।"

"छुआ नहीं तो इस मुहल्ले में क्या मरने आई थी?"

लड़की ने हाथ उठाकर पास ही के किसी अदृश्य गृह की ओर संकेत किया और बोली–"महाराजजी ने अपनी उस सार के पीछे हम लोगों को रहने की जगह दी है। मां और मुझको नानी ने घर से अलग कर दिया है न, इसीलिए!"

चाहे किसी की बात हो और किसी भी कारण से हो, दूसरे की दुर्गति और संकट के विवरण से रासमणि का हृदय कुछ प्रसन्न हुआ और इस रुचिकर समाचार को और विस्तार के साथ जानने का कुतूहल भी हुआ। उन्होंने पूछा–"अच्छा? कब अलग कर दिया?"

"परसों रात की बात है दादीजी!"

"ओः, तो तू एककौड़ी की लड़की है! ऐसा कहती क्यों नहीं? एककौड़ी की मृत्यु होते ही बूढ़े ने सबको निकालकर बाहर किया। आग लगे मुंह में, नीच जाति है न! उसने निकाल दिया तो क्या तुम लोग अब बाम्हनों के मुहल्ले में आकर रहोगी? तुम लोगों का दिमाग तो खूब चढ़ गया है। तेरी मां को कौन लाया? रामतनु का वही दामाद लाया होगा; दूसरे किसमें इतनी विद्या है! घरजमाई हैं, तो घरजमाई

की तरह रहे ! ससुर का धन मिल गया तो क्या अब मुहल्ले में भंगी, चमार, दूले लाकर बसाएगा ?"

इतना कहकर रासमणि ने जोर से बुलाया–"संध्या, ओ संध्या ! घर में है ?"

परती भूमि के उस ओर रामतनु बनर्जी के घर की खिड़की है। आवाज सुनकर पास की खिड़की खोल एक उन्नीस-बीस साल की सुन्दर लड़की ने मुंह निकालकर पूछा–"कौन बुलाता है ? अरे, ये तो नानी हैं ! क्यों, क्या बात है ?" इतना कहकर वह दरवाजे से बाहर निकल आई।

राममणि बोलीं–"क्यों, तेरे बाप की बुद्धि कैसी हो गई बेटी ! तेरे नाना रामतनु बाबू कितने प्रसिद्ध कुलीन थे। उन्हीं के मकान में अब बस रहे हैं बागदी और दूले लोग। कैमी घृणित बात है बेटी !"

इतना कहकर और गाल पर हाथ रख फिर बोलीं–"अपनी मां को जरा बुला तो दे। जग्गो इसकी कुछ देख-रेख कर सकती हो तो करे, नहीं तो चटर्जी भैया के पास जाकर मैं स्वयं कहूंगी। वे ठहरे जमींदार, नामी आदमी ! देखूं, वे क्या कहते हैं।"

संध्या ने चकित होकर पूछा–"क्या हुआ, नानीजी ?"

"बुला न अपनी मां को। उसी से कहूंगी कि क्या हुआ है !" इतना कह अपनी नातिन की ओर संकेत करके बोलीं–"यह छोकरी मंगल के दिन बकरी की रस्सी लांघ गई और उस दूले की छोकरी ने इसको अपना अचरा छुला दिया !"

संध्या ने उस लड़की से पूछा–"क्यों, तूने छू दिया है ?"

वह बेचारी बकरी के बच्चे को अपनी छाती से लगाए एक ओर खड़ी सहमी हुई यह बातचीत सुन रही थी। रुआंसी आवाज में बोली–"नहीं, जीजी....."

रासमणि की नातिन भी साथ ही बोल उठी–"नहीं, संध्या जीजी, उसने मुझे नहीं छुआ, वह तो उधर से....." किन्तु उसकी बात दादी की हुंकार में दब गई।

"फिर नकार रही है हरामजादी ! चल तू घर। वहीं चलकर बताऊंगी कि उसने तुझे छुआ है या नहीं।"

संध्या ने हंसते हुए कहा–"अगर तुम उसे जबरन नहलाओ तो वह क्या कर सकती है, नानीजी !"

संध्या को हंसते देख रासमणि जल-भुनकर खाक हो गईं। बोलीं–"करूं या न करूं, सो सब मैं समझ लूंगी, किन्तु तेरे बाप की यह क्या रीति है ? कोई भला

आदमी कहीं अपने मकान में छोटी जाति को बसाता है! दूले भी कोई जाति है, सो उन्हीं को लाकर बाम्हनों के मुहल्ले में बसा दिया! मैं कहती हूं, घरजमाई लोग जैसे रहते हैं वैसे ही वे रहें तो अच्छा है!"

पिता के विषय में इस तरह की अपमानजनक बात सुनकर क्रोध से संध्या का चेहरा लाल हो गया। उसने भी कठोरतापूर्वक उत्तर दिया–"बाबूजी किसी दूसरे के घर तो छोटी जात बसाने गए नहीं, नानीजी! अच्छा जानकर अपनी ही जमीन में आश्रय दिया है; इससे तुम्हें क्यों इतनी जलन हो रही है, नानीजी?"

"मुझे जलन हुई! मेरी जलन देखेगी तू? जाऊं चटर्जी भैया के पास? कहूं यह उनसे जाकर?"

"कहना चाहो तो जाकर कह दो। बाबूजी ने कुछ उनकी जमीन में तो दूले बसाए नहीं, कि बड़े आदमी होने के कारण वे सिर काट लेंगे।"

"जितना बड़ा मुंह नहीं उतनी बड़ी बात! अरे वे कोई और नहीं, स्वयं गोलोक चटर्जी हैं। तेरे बाप ने कदाचित अभी तक उन्हें पहचाना नहीं! अच्छा......"

शोरगुल सुनकर जगद्धात्री बाहर निकल आईं। उन्हें देखते ही रासमणि आग की तरह जल उठीं और अपनी चीख से मुहल्ले-भर को कंपित करती बोलीं–"सुन ले जग्गो, अपनी विद्याधरी बेटी की मिजाज-भरी बातें तो जरा सुन ले! पढ़ना-लिखना सिखा रही है न! कहती है–'कह दो जाकर अपने गोलोक चटर्जी से कि वे बाबूजी का सिर उतरवा लें!' कहती है–'अच्छा किया है, जो अपनी जमीन में दूले-डोम बसाए हैं, किसी के बाप-दादे की जमीन में तो नहीं बसाए! ऐसे बहुतेरे बड़े देखे हैं; जिससे जो करते बने कर ले।' सुन अपनी बेटी की बातें!"

जगद्धात्री ने चकित और क्रुद्ध होकर कहा–"कही है तूने ये सब बातें?"

संध्या ने सिर हिलाकर कहा–"नहीं, मैंने ऐसा नहीं कहा।"

रासमणि ने उसके मुंह पर हाथ नचाकर गरजते हुए कहा–"नहीं कहा? ये सब लोग 'गवाह' जो हैं!" इतना कहकर अपने अनिर्वचनीय स्वर-कौशल से उन्होंने अपने ऊंचे कण्ठ को एकदम धीमा करके जगद्धात्री से कहा–"बेटी, मैं तो अच्छी ही बात कह रही थी। मंगल के दिन लड़की बकरी की रस्सी लांघ गई, इसी से मैंने पूछा-'कौन इस तरह राह में बकरी बांध गया?–बस, इतना सुनते ही दूले की छुकड़िया दौड़कर आई और बिटिया को आंचल घुमाकर छू ही तो दिया

उसने ! फिर बोली–'महाराज की जगह में बकरी बांधी है तुम बोलने वाली कौन होती हो ?'–इसी से बेटी, तुम्हारी कन्या को बुलाकर इतनी-सी बात कह रही थी कि बिटिया, अब ऐसे विलम्ब से तीसरे पहर उसे नहलाना पड़ेगा। फिर मंगल को बकरी की रस्सी लांघ गई, सो यदि तुम्हारे बाबूजी इन लोगों को इनके मुहल्ले से हटाकर अपने यहाँ ले ही आए हैं तो बहन बकरी-वकरी जरा देख-भालकर बांधने के लिए कह देना। छोटी जात को आचार-विचार का कुछ ज्ञान तो होता ही नहीं। नहीं तो चटर्जी भैया बूढ़े आदमी ठहरे, इसी राह से प्राय: निकला करते हैं, व्यर्थ नाराज हो जाएंगे। बेटी, बस इतना ही कहा था। इस पर तेरी लड़की ने बस हाथ चला देना-भर बाकी छोड़ा है। कहती है–'जा–जा, अपने चटर्जी भैया को बुला ला; उनके जैसे बहुतेरे बड़े आदमी देखे हैं। उनके बाप की जमीन पर जब डोम-दूले बसाने जाएं तब वे आंखें दिखाएं।' अच्छा, तुम्हीं बताओ बेटी, ये सब बाते लड़की के मुंह से शोभा देती हैं !"

जगद्धात्री ने आगे होकर पूछा–"कही है तूने ये सब बातें ?"

संध्या अभी तक चुपचाप आश्चर्य के साथ रासमणि के मुंह की ओर देख रही थी; अब मां की हुंकार सुनकर चौंक पड़ी और मुंह फेरकर केवल इतना ही बोली–"नहीं।"

"नहीं कहा तो क्या मौसी झूठ बोल रही हैं ?"

"पूछो बेटी, यही बात पूछो अपनी बिटिया से !"

संध्या क्षण-भर चुप रही। फिर मां के सवाल का जवाब देती बोली–"मैं नहीं जानती मां, किसकी बात झूठी है। किन्तु तुम यदि अपनी बेटी की अपेक्षा इन बनाई हुई मौसी को ज्यादा जानती-पहचानती हो तो वही समझ लो !" इतना कहकर वह दूसरा कोई सवाल उठने के पहले ही अन्दर चली गई। रासमणि और जगद्धात्री दोनों की दोनों ही आंखें फाड़कर उसकी ओर देखती रह गईं। दूले की लड़की भी, मौके से, बकरी के बच्चे को छाती से चिपकाए, चुपचाप खिसक गई। .

रासमणि बोलीं– "देखा न जग्गो, अपनी लड़कों का ढर्रा ! सुना न सब कुछ ! कहती है– 'बनाई हुई मौसी !'– कुलीन घर की लड़की न होती तो अब तक कभी का ब्याह हो गया होता और पांच-छ: बच्चों की मां हो जाती। बनाई हुई मौसी ! सुन लिया न ?"

जगद्धात्री मौन रहीं। कुछ देर में रासमणि भी कुछ शांत होकर बोली, "हां

जग्गो, मैंने सुना है कि अमरित चक्रवर्ती के लड़के को तू अब भी घर में आने देती है। क्या यह सच है ?"

उनकी बातों से जगद्धात्री मन में बड़ी शंकित हुईं।

रासमणि कहती गईं–"इसी बात पर मैं उस दिन पुलिन की अम्मां से लड़ बैठी। मैंने कहा–'वह जगद्धात्री है, कोई दूसरी बिटिया नहीं है–हरिहर बनर्जी की नातिन और रामतनु बनर्जी की लड़की। वे लोग शूद्र होने के कारण कायथों के घर पांव भी न धोते थे। भला, उनके घर में वह म्लेच्छ लड़का प्रवेश पा सकता है ? तुम लोग बक क्या रही हो !"

इस हितैषिणी की सहानुभूति से लजाकर जगद्धात्री किंचित् सुखी हंसी हंसकर बोलीं–"बात तो तुम ठीक ही कह रही हो, मौसी ! पर तुम जानती हो, बहुत छुटपन से वह हमारे यहां आता-जाता रहा है; मुझे चाची पुकारता है। इसीलिए अगर छठे-छमासे कभी आ गया तो मेरे मुंह से 'नहीं नहीं निकलती; यह कहते नहीं बनता कि तू मेरे घर न आया कर। मातृ-पितृहीन है; उसे देखकर दया आती हैं।"

रासमणि तो सुनकर दंग रह गईं। कुछ ठहरकर क्रुद्ध कण्ठ से बोलीं– "आग लगे ऐसी दया में !" वे क्रोध से आगबबूला हो उठीं और उसी तरह तीखे स्वर में कहने लगीं–"उसे क्या तू साधारण बदमाश समझती है ! तुझसे कहे रखती हूं कि ऐसा बदमाश लड़का सारे गांव में खोजे भी न मिलेगा। चटर्जी भैया तो जमींदार हैं न। उन्होंने खुद उसे बुलाकर कहा था–'छात्रवृत्ति के लोभ को गंगा में बहा दे और घर के लड़के की तरह घर बैठो। विलायत मत जाओ।'–परन्तु बात क्या सुनी उसने ! उलटे, विलायत जाते समय उन्हीं का उपहास कर गया। बोला–'यदि विलायत जाने से जान जाती हो तो भले ही चली जाए ! मेरे लिए जान जाना ही अच्छा है। परन्तु गोलोक चटर्जी के समान भेड़-बकरियां विलायत भेज-भेजकर पैसा कमाना मेरा काम नहीं और न समाज के सिर पर सवार होकर लोगों की जात मारना ही हमारा पेशा है।'–मैं वहां होती तो झाड़ू मारकर इस छोकरे का मुंह सीधा कर देती।–जो गोलोक चटर्जी भात खाने के बाद गोबर से मुंह-हाथ धोते हैं उनको जो......"

जगद्धात्री ने विनीत स्वर में कहने की चेष्टा की–"परन्तु अरुण तो कभी किसी की निन्दा नहीं करता, मौसी !"

"तो क्या मैं झूठी हूं? अरे क्या चटर्जी भैया....."

"नहीं-नहीं, वे क्यों झूठ बोलेंगे! किन्त लोग अक्सर बहुत-सी बातें बढ़ा-चढ़ाकर कह देते हैं।"

"तू भी एक ही है जग्गो! लोगों को कुछ काम-काज थोड़े ही हैं जो गए होंगे बातें बढ़ा-चढ़ाकर कहने! अच्छा बोल, वह विलायत जाकर ही क्या दिग्विजय कर आया? सीखकर आया है किसानों की विद्या! सुनकर भी हंसी रोके नहीं रुकती। चक्रवर्ती हो या चाहे जो हो, है तो बाम्हन का ही लड़का न? देश में क्या किसान नहीं थे? कोई उससे पूछे कि क्या तू हल जोतेगा! राम-राम, उसे मौत भी न आई!"

रासमणि के तीव्र कण्ठ के स्वर की सुगन्ध दूर-दूर तक पहुंच रही थी; कहीं उस सुगन्ध से आकर्षित होकर मुहल्ले की मधुमक्खियों का झुण्ड न आ जाए, इस भय से जगद्धात्री धीरे से बोली—"खड़ी-खड़ी बातें क्यों कर रही हो मौसी, चलो, जरा अन्दर चलकर बैठो।"

"नहीं, बड़ी देर हो गई है, अब बैठूंगी नहीं। बिटिया को नहलाना भी है। दूले की छुकड़िया भाग गई न?"

"हां दादी, जब तुम बात कर रही थीं तभी चली गई। परन्तु उसने मुझे छुआ नहीं......"

"फिर 'नहीं' कहती जाती है हरामजादी! किन्तु जग्गो, तुझसे प्रार्थना करती हूं बेटी, कि मुहल्ले में दूले-बागदी मत बसा। जमाई से भी कहना।"

"कहूंगी क्यों नहीं मौसी! मैं कल ही इन लोगों को निकाल बाहर करूंगी। अरे बने रहे, तो अपने लिए ही कठिनाई है, घाट-तलाब खराब करेंगे; उनके पानी के ऊपर से ही तो अपने को चलना पड़ेगा!"

"तू ही बता बेटी, तब हम लोगों की जात-पांत बनी रहेगी? यही बात तो मैं कह रही थी, पर आजकल के लड़के-लड़कियां कुछ मानना चाहें तब न! इसी से तो चटर्जी भैया उस दिन सुनकर दंग रह गए। बोले—'रासू, सुना है कि अपनी जगद्धात्री की लड़की को उसका बाप पढ़ा-लिखा रहा है। वे लोग यह कर क्या रहे हैं! उन्हें मना कर दे—मना कर दे। लड़की की जात पढ़-लिखकर एकदम मिट्टी में मिल जाएगी'।"

जगद्धात्री बहुत डर गईं; कहा—"चटर्जी मामा कह रहे थे?"

"कहेंगे नहीं? वे ठहरे समाज के सिर, गांव के जमींदार! उनके कानों तक कौन-सी बात नहीं पहुंचती, बता तो? मुझे ही ले, बूढ़ी हो चली, लिखने-पढ़ने की कोई बात नहीं जानती, पर कौन सास्तर मुझे नहीं मालूम! किसके बाप की हिम्मत है कि कह दे कि रासू ने कोई काम सास्तर के विरुद्ध किया है! लल्ली के बकरी लांघते ही मेरे तो रोंगटे खड़े हो गए। उसी समय मैंने कहा–'छुकड़िया! यह तूने क्या किया! मंगल के दिन रस्सी लांघ गई?'–कोई पण्डित भला कह तो दे तो देखूं, कि इसमें दोष नहीं है! ऐसा हो ही नहीं सकता बेटी–हो ही नहीं सकता! हम लोगों ने बाप-मतारी से सिच्छा पाई है। बुला तो जरा अपनी पढ़ी-लिखी बेटी को, देखें कैसे बताती है ये सब बातें!"

जगद्धात्री ने चुपचाप उनकी बातें मान ली। फिर बोलीं–"जरा बैठकर जातीं न मौसी!"

"नहीं बेटी, बड़ी देर हो गई; फिर किसी दिन आऊंगी। चल री, घर चल!" इतना कह नातिन के साथ कुछ ही पग गई होंगी कि फिर लौट पड़ीं और बोलीं–"क्यों जग्गो, ऐसा अच्छा पात्र हाथ से क्यों निकल जाने दिया, बोल!"

"नहीं-नहीं, हाथ से तो नहीं निकलने दिया है, पर एक बात है–घर-द्वार कुछ नहीं हैं और उम्र भी ज्यादा हो गई है–तुम्हारे जमाई के बराबर ही होगा, क्यों?"

रासमणि विस्मित होकर खड़ी रह गईं। फिर बोलीं–"सुनो इसकी बातें! मैं पूछती हूं, उसके घर नहीं है पर तेरे तो है! तुझे कोई लड़का तो है नहीं और लड़की भी दूसरी नहीं है जिसके लिए चिन्ता हो। एक लड़की-भर तो है। इसी लड़की और जमाई को लेकर घर-गिरस्ती चलातीं तो क्या यह कम आनन्द की बात होती बेटी? और उम्र? कुलीन घराने के लड़के की चालीस-बयालीस की उम्र क्या उम्र में उम्र है? वह रसिकपुर के जयराम मुकर्जी का दोहता है! उसकी उम्र कौन देखता है जग्गो! फिर अपनी लड़की की उम्र की तरफ भी देख जरा! और ढील करेगी तो ब्याहेगी कब? अन्त में क्या अपनी छोरी बुआ की तरह जीवन-भर कुंवारी ही रख छोड़ेगी?"

जगद्धात्री ने लजाकर कहा–"मैं भी यही कहती हूं मौसी, किन्तु लड़की के बाप तो बिल्कुल......"

जगद्धात्री की बात पूरी हो जाने दे, इतना भी धीरज रासमणि को नहीं रहा। जलकर बोलीं–"लड़की का बाप क्यों न कहेगा? उसके स्वयं कितने घर थे?

कितनी जमींदारी थी ? बात सुनकर भी हंसी आती है। फिर अरुन की बैठक में दिन-रात उठना-बैठना, गाना-बजाना ! सुनती हूं, हुक्का तक चलता है; तब ऐसी बात वह न कहेगा तो क्या चटर्जी भैया कहेंगे ? तूने तो हद कर दी, जग्गो ! किन्तु एक बात कहे देती हूं बेटी, घर-वर जब मिल गया है तब ना-ना करके देर करेगी तो अन्त में फिर वही कोरिया वाला हाल होगा,–ज्यादा लोभ करने वाला ठगा जाता है ! तेरी छोटी बुआ गुलाबी क्वांरी ही बूढ़ी होकर मरीं, तेरे बाप की बड़ी और मंझली दोनों बुवाओं का भी ब्याह नहीं हुआ। और तेरा भी क्या समय पर ब्याह होता बेटी, अगर तेरे माता-पिता जाकर काशीजी न रहने लगते ? समधिन काशीवास कर रही थीं, आगे-पीछे कोई झगड़ा था नहीं। जमाई स्कूल में पढ़ता था–घर-बार ज्योंही मिला, चट से तेरे हाथ पीले कर दिए और लड़की-जमाई लेकर गांव लौट आईं। कोई कहीं भांजी न मार दे, इस भय से किसी को कानोंकान खबर भी न दी। यह अच्छा किया, नहीं तो कौन जानता है कि ब्याह होता भी या नहीं !–चल री, चल ! जयराम मुकर्जी का नाती ! पर चल बिटिया, चल, अब ज्यादा देर मत कर। कपड़े-वपड़े धोते, दीया-बत्ती करते, देखती हूं कि पहर रात बीत जाएगी। पर एक बात जरूर कहूंगी जग्गी, खिस्तान-विस्तान को घर में न घुसने देना, न लड़की के साथ हंसी-मसखरी करने देना। बात फैल गई तो लड़का मिलना मुश्किल हो जाएगा, बेटी ! छोकरी, चलती क्यों नहीं, चल न ! पराई बात छिड़नी-भर चाहिए, फिर तो हिलने का नाम लेना ही नहीं जानती !"

बड़बड़ाती रासमणि नातिन को आगे किए जा ही रही थीं और जगद्धात्री सूखे भयग्रस्त मुंह से खड़ी उनकी ओर देख रही थीं कि सहसा जैसे चौंककर जगद्धात्री ने कहा– "ओ बेटी खेंदी, जरा खड़ी रह। कल खेत से बैंगन आए हैं, एक लौकी भी है; थोड़ी लेती जा बिटिया। देर न होगी, मैं अभी झट लिये आती हूं..." इतना कहकर जगद्धात्री जल्दी-जल्दी भीतर जाने लगीं। रासमणि पुलकित विस्मय के साथ बोल उठीं–"अरे ! अभी से बैंगन लगने लगे ?" फिर नातिन की ओर देखकर बोलीं–"अरी खेंदी, मुंहजली ठूंठ की तरह खड़ी है ! अरी, साथ में जाती क्यों नहीं ?"

और दूसरे ही क्षण पुकारकर बोलीं–"दौड़कर जल्द आ। मैं तब तक आगे चलती हूं !"

2

सामने के बरामदे में बैठकर सन्ध्या कुछ सीने में तल्लीन थी। जगद्धात्री जप-पूजा करके ठाकुरबाड़ी से बाहर आ रही थीं; कुछ देर तक लड़की की ओर एकटक देखने के बाद बोलीं–"सबेरे से ही इतना सब क्या सी रही है सन्ध्या? दिन चढ़ आया, दोपहर हो रही है, नहाए-खाएगी नहीं? अभी परसों ही तो पथ्य लिया है, पित्त बिगड़ने से फिर बीमार पड़ जाएगी।"

सन्ध्या ने धागे को दांत से काटते हुए कहा–"बाबूजी तो अभी तक आए नहीं मां!"

"वह तो मालूम ही है। मुफ्त का इलाज करने में उन्हें कितना दिन चढ़ जाएगा, कौन जाने! मैं तो हूं ही, तुझे उपासे रहने की क्या जरूरत?"

सन्ध्या ने मां को कुछ उत्तर नहीं दिया; चुपचाप अपना काम करने लगी। मां ने पूछा–"सी क्या रही हो, सुनूं तो सही!"

लड़की ने जैसे अनिच्छापूर्वक अस्पष्ट उत्तर दिया–"दो बटन टांके देती हूं।"

"सो तो मैं जानती ही हूं बेटी! और नहीं, क्या मैं अपनी धोती के लिए थोड़े ही पूछ रही हूं कि तूने सी दी या नहीं! कैसी बाप की सेविका बनी है तू, मानो दुनिया में किसी और के बाप ही न हों! किस कुर्ते में बटन नहीं हैं, किस धोती में कहां खोंचा लग गया है, किस कमीज में धब्बा लग गया है; जूते की सिलाई कहां खुल गई हैं–बस, इसी में दिन-रात लगी रहती है। इसके सिवा संसार में और तो तुझे कोई काम ही नहीं है!"

सन्ध्या ने सिर उठाकर किंचित् मुस्कराते हुए कहा–"बाबूजी की निगाह तो इन बातों पर पड़ती ही नहीं मां!"

बेटी के उत्तर से मां को कोई प्रसन्नता नहीं हुई, बोलीं–"पड़े कैसे! मुफ्त की डाक्टरी से समय मिले तब न! मैं पूछती हूं, दूले की लड़की और लुगाई गई?"

"जाएंगी क्यों नहीं मां?"

आखिर कब ? छू-छाकर जनम-करम भ्रष्ट हो जाएगा तब ? फिर सुई चला रही है ? उठेगी नही क्या ?"

"तुम चलो मां, मैं अभी आता हूं।"

"इस बीमारी की देह से तुझे जो भावे कर ! तुम दोनों से बकते-झकते मेरा माथा गरम हो जाता है। इस घर-गिरस्ती की मुझे अब जरूरत नहीं। अब मैं सास के पास जाकर रहूंगी और काशीवास करूंगी–तुम लोगों से साफ कहे देती हूं।" इतना कहकर जगद्धात्री क्रोध में पीतल की कलसी लेकर पीछे के सरोवर की ओर चली गईं।

सन्ध्या सिर झुकाए जरा मुस्कराकर रह गई। उसने मां की बात का कोई उत्तर नहीं दिया। सिलाई समाप्त हो चुकी थी; सुई-डोरा आदि रखकर उठना ही चाहती थी कि पिता का शोरगुल सुनाई पड़ा। उसने मुंह उठाकर देखा–उन्होंने घर में प्रवेश किया ही है; हाथ में होमियोपैथिक दवाइयों का एक छोटा बक्स है; कांख में कई डाक्टरी किताबें दबी हैं। लड़की को देखते ही बोले–"उठ तो बेटी सन्ध्या, मेरी दवाओं का बड़ा बक्स तो ला जरा-पर क्या करूं, कुछ समझ में नहीं आता ! ऐसी आफत में जान..."

सन्ध्या ने झट से उठकर पिता के हाथ से दवाइयों का बक्स और किताबें ले ली। उन्हें एक ओर रखकर वहां पहले से ही बिछी चटाई पर हाथ पकड़कर पिता को बैठा दिया; फिर पंखे से हवा करते-करते पूछा–"आज तुम्हें इतनी देर क्यों हुई बाबूजी ?"

"देर ! मुझे क्या स्नान-भोजन की फुर्सत है ? तुम लोग क्या समझो; जिस रोगी के पास न जाऊं वही अप्रसन्न होता है, जैसे प्रिय मुकर्जी के हाथ की एक बूंद लिए बिना कोई बचेगा ही नहीं ! यह भी नहीं कह सकता कि यह भय बिल्कुल व्यर्थ है। किन्तु प्रिय मुकर्जी तो एक ही है, दो-चार तो हैं नहीं ! उनसे कहता हूं–नंद मित्तिर आखिर प्रैक्टिस तो कुछ-न-कुछ कर ही रहा है; ऐसा नहीं कि दो-चार दवाएं न जानता हो; किन्तु वह नहीं, मुकर्जी के बिना काम नहीं चलेगा ! उनसे भी क्या कहूं; एक दवा का सिम्पटम भी तो कोई याद नहीं रखता ! अरे, इतनी सहज विद्या नहीं है, इतनी सहज नहीं है ! तब तो फिर सभी लोग डॉक्टर हो जाते; सभी प्रिय मुकर्जी हो जाते !"

"बाबूजी, कपड़े उतार डालिए न !"

"उतारता हूं बेटी। आज ही की बात सुन। झट पटठे ने पल्सेटिला[1] दे दिया! प्रैक्टिस तो करता है, किन्तु बताए तो जरा, उसका ऐक्शन क्या होगा? देखूं, मेरी तरह कण्ठस्थ कह तो जाए सब! सन्ध्या, खोल तो बेटी जरा पल्सेटिला।"

"किताब का क्या करोगे बाबूजी! आज खाने-पीने के बाद उसी दवा के बारे में तुमसे पढ़ लूंगी। पढ़ा दोगे, बाबूजी?"

"पढ़ा क्यों न दूंगा? जरूर पढ़ा दूंगा। नक्सवोमिका[2] के साथ अन्तर... जरा वह किताब उठा तो ला..."

"तब तक तुम्हें तेल लगा दूं न बाबूजी? बड़ी देर हो गई हैं–मां आकर नाराज होंगी।" कहते हुए सन्ध्या ने इधर-उधर नजर दौड़ाकर देख लिया कि उसकी मां लौट रही हैं या नहीं। फिर उनके मना करने के पहले ही वह प्याली में थोड़ा तेल ले पिता के पांवों में मलने लगी।

"जरा ठहर क्यों नहीं गई बिटिया, देख लेता..."

"आज किसे-किसे देखा बाबूजी? पंचा केवट के बाबा को..."

"वह बूढ़ा? मरेगा, निश्चय ही मरेगा, देख लेना सन्ध्या। और वह परान चटर्जी? उस हरामजादे पर मैं मुकदमा चलाऊंगा तब छोड़ूंगा! जिस रोगी को मैं देख आता हूं उसे ही वह जाकर बहका देता है। एक दिन से अधिक कोई मेरी दवा खाना ही नहीं चाहता; उसी पाजी, गधे, लुच्चे के कारण! जानती है, उसने क्या किया है? पंचा के बाबा को ज्योंही एक दवा चुनकर दे आया, त्योंही वह मेरे पीछे पहुंचा और पूछा–क्या है, देखूं क्या दिया हैं?..."

सन्ध्या ने गुस्से के स्वर में कहा–"फिर?"

पिता ने उससे भी ज्यादा गुस्से से कहा–"साला, गटगट करके सारी शीशी पी गया और बोला–यही दवा है!–लो, सब पी गया। भला मेरी दवा तो वह पी जाए तब देखूं!–यह कहकर एक शीशी रेंडी का तेल दे आया। वे लोग कहने लगे–महाराज, आपको दवा तो वे एक ही घूंट में पी गए, उनकी दवा आप पी सकें तो हम आपकी दवा पिएंगे, नहीं तो नहीं!"

सन्ध्या ने बहुत डरकर कहा–"उसे तुमने पिया तो नहीं बाबूजी?"

"नहीं, मैं क्यों पीता! किन्तु इतनी देर तक घर-घर घूमने पर भी एक रोगी न

1-2. होमियोपैथी की दवाई

जुटा सका। परान के नाम मैं जरूर मुकदमा करूंगा, तुमसे कहे देता हूं सन्ध्या !"

क्षोभ और अभियान से सन्ध्या की आंखें भर आईं अपने इस निरीह पिता को दुनिया के सब प्रकार के आघातों, उपद्रवों और उपहासों से बचाने के लिए ही मानो वह अपने दस हाथ करके उन्हें उनकी आड़ में ले लेना चाहती है। भीगे गले से बोली–"बाबूजी, तुम दूसरों के लिए ऐसी धूप में क्यों घूमते हो ? न जाने कितने लोग तुम्हारी दवा लेने आकर घर-घर से ही लौट गए !"

इस बात में सत्य को तोड़कर कहा गया था। गांव के दुखिया दवा लेने आते अवश्य हैं, परन्तु वे सन्ध्या के पास आते हैं, उनके पिता के पास नहीं। पिता से ही सन्ध्या ने छोटी-मोटी बीमारियों का इलाज करना सीखा है, और उसकी दी हुई दवा प्राय: काम कर जाती है। परन्तु गुरु से लोग यमराज की तरह भय करते हैं। इसी से वे जब अच्छी तरह पता लगा लेते हैं कि मुकर्जी डॉक्टर घर पर नहीं हैं तब दवा लेने पहुंचते हैं। सन्ध्या भी यह जानती है, किन्तु बाबूजी के लिए झूठ बोलने में भी नहीं हिचकती।

उधर पिता उसकी बात सुनकर एकदम अस्थिर हो उठे, बोले–"लौट गए ? कौन-कौन आए थे ? कितनी देर हुई ? किस रास्ते गए ? नाम–धाम पूछ लिया था न ?"

सन्ध्या मन में लज्जित हो बोली–"नाम-धाम पूछने की मुझे क्या जरूरत बाबूजी, वे फिर आप ही आएंगे।"

"ओः, तुम लोगों के मारे तो परेशान हो गया मैं ! नाम पूछ लेतीं तो क्या हो जाता ? अभी घूम आता न ? देर होने से रोग बिगड़ भी तो जा सकता है। अभी तो एक ही बूंद में अच्छा कर देता।"

सन्ध्या चुपचाप तेल मलने लगी, कुछ बोली नहीं।

पिता ने फिर पूछा–"कुछ कह गए हैं कि कब आएंगे ?"

"शायद शाम को..."

"शायद ! कैसी गलती हुई ! मान लो, शाम को न आ सकें तो ? कहीं विपिन के हाथ तो नहीं पड़ गए ? हरामजादा तो सदा टोह में रहता ही है, उसे तो सुराग नहीं मिल गया ? मुझसे यह सब नहीं सहा जाता ! घर के मुट्ठी-भर चने-चूड़े देकर घण्टे-भर बैठाए न रख सकीं ? जिस बात को बताऊंगा नहीं, खुद देखूंगा नहीं... कौन ? कौन झांक रहा है भाई ? चले आओ भीतर ! अरे राममय हो ? लंगड़ा क्यों रहे हो ?"

उनके सादर आह्वान पर एक अधेड़ किसान आंगन में आकर खड़ा हो गया और निरीह स्वर में बोला–"जी नहीं, यह कछ नहीं..."

"कुछ नहीं ! साफ लंगड़ा रहे हो और कहते हो कुछ नहीं ! तेल मलना जरा बन्द कर दे सन्ध्या। कुछ नहीं ? साफ 'आर्निका'[1] का केस है। नहीं, हंसी नहीं राममय, जरा देखूं तो पांव !"

पांव दिखाने के प्रस्ताव पर राममय ने एक बार करुण आंखों से सन्ध्या की ओर देखकर कहा–"जी, कल पांव में जरा मोच आ गई थी।"

प्रिय बाबू अपनी लड़की की ओर देख जरा हंसकर बोले–"देख लिया न सन्ध्या ! मैंने तो देखते ही कह दिया था कि 'आर्निका' है। हम लोग देखकर ही समझ लेते हैं। गिरे कैसे ?"

"जी, कहा न कि पांव में मोच आ गई थी। द्वार के समीप ही एक पनाला है, उसके ऊपर का तख्ता लड़कों ने कहीं हटा दिया था; मैं अनमना-सा उधर..."

"अनमना ? ऐग्निस-एपिस[2] ! सन्ध्या बेटी, याद रखना स्वभाव ही असल चीज है। महात्मा हेरिंग ने कहा है... हूं, अनमने होकर–फिर ?"

"ज्योंही पांव रखा कि मुड़कर गिर..."

"ठहरो ! अभी तो तुम कह रहे थे कि मोच आ गई थी। मोच आना और मुड़ जाना दोनों एक ही नहीं हैं, राममय !"

"नहीं, पर पांव में मोच आने से ही गिरा था।"

"हूं ! अनमना–याद नहीं रहती ! तुरन्त कहते हो और तुरन्त भूल जाते हो ! ऐग्निस-एपिस ! हूं, फिर क्या हुआ ?"

"और क्या होता महाराज ! कल से दर्द के मारे जमीन पर पांव नहीं पड़ रहे हैं।" इतना कहकर उसने उत्कंठा-भरी एक नजर सन्ध्या पर डाली और गहरी सांस ली।

सन्ध्या ने शीघ्रतापूर्वक कहा–"बाबूजी, बड़ी देर हो रही है, जरा-सी आर्निका..."

"ओह ! ठहर तो सन्ध्या ! केस स्टडी तो कर लेने दे। सिमिलिया सिमिलिवस !

1-2 होमियोपैथी की दवाइयां

रेमिडी (दवा) सिलेक्ट करना (चुनना) बच्चों का खेल नहीं है !...हां, तो दर्द कैसा होता है राममय ?"

"बड़े जोर का दर्द है महाराज !"

"उंह ! मैं यह नहीं पूछ रहा हूं। यह बताओ कि किस तरह का दर्द है। कोई चीज रगड़ने या मलने की तरह ? सुई की चुभन जैसा है या बिच्छ के डंक जैसा ? धीरे-धीरे सालता है या झनझना रहा है ?"

"हां, ऐसा ही।"

"तो झनझना रहा है। उसके बाद ?"

"उसके बाद क्या होगा महाराज ! मैं तो कल से दर्द के मारे मरा जा रहा हूं... "

"ठहरो, ठहरो। क्या कहा, मरे जाते हो ?"

राममय अधीर होकर बोला–"और नहीं तो क्या ! लंगड़ाकर चलता हूं, पांव धरा जाता नहीं-यह मौत नहीं तो क्या है ? लड़के बदमाश हैं, मना करने से मानते नहीं, तख्ते से ही खेलने हैं। फिर किसी दिन अंधेरे में गिरा तो मरना ही है। पर बहुत देर हो गई, जो दवा देनी हो दीजिए।"

"बाबूजी, आर्निका दो बूंद..."

प्रिय बाबू जरा हंसकर बोले–"नहीं बेटी, नहीं; यह आर्निका का केस नहीं है। विपिन होता तो वही दे देता। चार बूंद एकोनाइट[1]–30। दो-दो घंटे बाद पीना !"

सन्ध्या ने आंखें फाड़कर कहा–"बाबूजी, एकोनाइट ?"

"हां, बेटी ! इसे मरने का भय जो है– 'गिरकर मरूंगा !'– सिमिलिया सिमिलिबस क्यूरेटर ! महात्मा हेरिंग का कथन है कि रोग का नहीं, रोगी का इलाज करना चाहिए। एकोनाइट मृत्युभय की मुख्य दवा है। राममय, शीशी लेकर बिटिया के साथ जाओ। दो-दो घंटे बाद चार बार पीना। शाम को आकर देख लूंगा, और परान आकर कहे, कि लाओ देखूं क्या दिया, तो खबरदार, शीशी मत निकालना ! नहीं तो हरामजादा गट-गट पी जाएगा और बदले में कैस्टर-आयल दे देगा ! ओह ! पेट में मरोड़ हो रहा है !"

संध्या राममय को दवा देने जा रही थी; उसने भयमिश्रित स्वर में पूछा–"सारा

---

1. होमियोपैथी की एक दवा

का सारा कैस्टर आयल तो नहीं पी आए बाबूजी ?"

"नहीं तो। आः ! लोटा दे।"

"तो जान पड़ता है, तुमने..."

"नहीं-नहीं, पर लोटा जल्दी दे न ! इस जले घर में समय पर कोई चीज नहीं मिलती ! अच्छा, रहने दे लोटा।" कहकर प्रिय बाबू तेजी से पिछवाड़ के दरवाजे से बाहर चले गए।

राममय बोला–"जीजी, दवा दे देतीं तो..."

संध्या ने चौंककर कहा–"हां दवा, अभी लाती हूं।"

"तुमने जीजी जो बताई थी 'आरनी' न, उसी की दो बूंद दे दो, मुकर्जी बाबू की दवा अभी..."

संध्या ने मन में व्यथा पाकर कहा–"मैं क्या बाबूजी से अधिक जानती हूं राममय !"

राममय ने जरा लजाकर कहा–"नहीं, यह नहीं कहता, किन्तु मुकर्जी बाबू की दवा तेज होती है, कमजोर ठहरा, जीजी ! न हो, मैं जाकर माधो को फुसला के भेज दूंगा–कल से दस्त लग रहे हैं, बाबूजी की दवा पेट में जाते ही अच्छा हो जाएगा; मुझे आज अपनी दवा दे दो, फिर देखा जाएगा।"

"अच्छा, आओ इधर।" कहकर संध्या उसे पास के कमरे में ले गई। उधर जगद्धात्री, जो ठाकुर का घड़ा भरने सरोवर में गई थीं, आ गई और घड़े को घप से बरामदे में रखकर क्रुद्ध स्वर में पुकारा–"संध्या !"

संध्या कमरे के भीतर से ही बोली–"आती हूं मां !"

मां उसी तरह बोलीं–"तेरे बाबूजी अभी लौटे नहीं न ? तो आज फिर ठाकुर की पूजा न होगी ?"

बेटी ने कमरे से निकलकर कहा–"वे तो बड़ी देर से आए हुए हैं, मां ! मालिश कराके नहाने गए हैं।"

"कहां ? सरोवर पर तो नहीं दिखाई पड़े।"

संध्या जानती थी कि उसके बाबू दौड़े हुए कहां गए हैं। कुछ देर मौन रहकर बोली–"शायद नदी चले गए हों। बहुत देर हो गई। अब आते ही होंगे।"

जगद्धात्री फिर भी शान्त न हुई; गरम होकर बोलीं–"इनके साथ अब मेरा रहना नहीं हो सकता। संध्या या तो वे कहीं चले जाएं या फिर मैं ही चली जाऊं।

मैंने बार-बार चिल्लाकर कहा था कि आज पुजारीजी न आएंगे, जरा जल्दी आना; फिर भी इतनी देर ! ठाकुर पर पानी तक न पड़ा ! फिर जानती है कल क्या कर आए हैं ? विराट नाई के सब रुपये माफ करके उसे चुकता रसीद दे आए हैं !"

संध्या ने आशंकित स्वर में पूछा–"किसने कहा, मां ?"

"अरी, स्वयं विराट की बहन कह गई है। अपनी भाभी के साथ सरोवर पर नहाने आई थी।"

संध्या ने हंसकर कहा–"भाई–बहन में खींचतान चल रही है मां, झूठ-मूठ कह दिया होगा !"

मां अप्रसन्न होकर बोलीं–"तू सब बातों पर पर्दा डालने की कोशिश क्यों करती है संध्या ? ज्वर के बहाने विराट उन्हें बुला ले गया फिर दवा पी, धन्वंतरि कहकर चरणधूलि ली, जमींदार कहकर और गौरीसेन के बराबर बताकर चापलूसी करके कुप्पा कर दिया। वे लोग तो कहते भी थे और हंसते भी थे ! फिर इन्होंने रुपये छोड़ दिए। मेरे मन में तो आई कि अब घर ही न जाऊं और यह घड़ा गले में बांध वहीं मरूं। आजकल बहुत गड़बड़ी कर रहे हैं संध्या, मैं भला गृहस्थी डूब कैसे चलाऊं !"

"कितने रुपये निकलते थे मां ?

"दस-बारह से तो कम न होंगे। मुट्ठी-भर रुपये योंही..."

बात समाप्त होने के पूर्व ही प्रिय बाबू भीगी धोती पहने आ गए और बड़ी जल्दबाजी दिखाते हुए बोले–"संध्या, जल्दी अंगोछा... !... अंगोछा ! जल्दी दे बिटिया। एकोनाइट-30–बाक्स में एक कोने..."

उनकी बातें सुन जगद्धात्री आग-सी जल उठीं। बोलीं–"मैं निकालती हूं एकोनाइट। ससुर का अन्न खाकर जमींदार बनते तुम्हें लज्जा नहीं आती ? विराट नाई का ब्याज छोड़ देने को तुमसे किसने कहा? किसकी जमीन में तुमने दूले-डोम बसाए हैं ? किसकी जमीन तुम गोचरभूमि के रूप में दान कर आते हो ? तुमने सदा से मेरा हाड़ जलाया है और जलाओगे ! आज या तो मैं जाती हूं या तुम मेरे घर से चले जाओ !"

संध्या ने तेजी से कहा–"मां ! दोपहरी में तुमने यह सब क्या शुरू कर दिया !"

मां उसी तरह कड़ककर बोली–"अब दोपहर क्या और सुबह क्या ! कौन होते हैं ये ? ठाकुर की पूजा कर के धूल-फूल जो मिले उसे खाकर यहां से चले

जाएं; मैं बहुत सह चुकी, अब नहीं सहा जाता। नहीं सहूंगी–नहीं सहूंगी !" इतना कहते-कहते वे एकदम रो पड़ी और झपटकर अपने कमरे में चली गईं।

"हूं..." कहकर प्रिय बाबू ने एक गहरी श्वास छोड़कर कहा–"मैंने उससे कहा था कि जमींदार होने से ही क्या सूद के इतने रुपये छोड़े जा सकते हैं विराट ? कह क्या रहा है ! किन्तु वहां सुनता कौन है ! और उन्हें ही दोष क्या दूं ! बेचारे ओषधि खाते भी हैं तो पथ्य का कोई इन्तजाम नहीं होता। नेट्रम 200 शक्ति की एक खुराक देकर..."

संध्या की दोनों आंखों में आंसू छलछला आए थे, उसने छिपाकर आंचल से उन्हें पोंछकर कहा–"बाबूजी, तुम मां को बिना जनाए इस तरह की आफत में क्यों पड़ते हो ?"

"मैं तो कहता हूं कि नहीं पडूंगा किन्तु यह भी तो देखता हूं कि प्रियनाथ मुकर्जी के बिना गांव में कुछ काम होता ही नहीं ! कहां किसे रोग हुआ है, कहां किसे..."

बात पूरी होने के पहले ही संध्या चली गई और तुरन्त सूखे कपड़े और गमछा लाकर पिता के हाथ में देती हुई बोली–"अब और देरी न कीजिए बाबूजी, ठाकुर की पूजा कर डालिए। मैं आती हूं।"

इतना कहकर वह अपनी कोठरी में चली गई और प्रिय बाबू भी सिर पोंछते-पोंछते शायद ठाकुरवाड़ी की ओर गए। जाते-जाते कहते गए–"आः, फिर पेट में मरोड़ होने लगी। परान के नाम– आः..."

3

जिस गोलोक चटर्जी महाशय के भय से बाघ-बकरी के एक घाट पानी पीने की बात कहकर उस दिन रासमणि बार-बार संध्या को डरा गई थीं, वही हिन्दूकुल-चूड़ामणि पराक्रमी व्यक्ति अभी-अभी आकर अपने बैठकखाने में बैठे हैं। परिधान के पटवस्त्र और शिखा में बंधे ताजे करवी पुष्प देखकर जान पड़ता है कि वे सबेरे की संध्या-पूजा समाप्त करके ही आ रहे हैं। बाहर के लोग तब तक भी हाजिर नहीं हो पाए हैं। भृत्य तम्बाकू चढ़ाकर हुक्के की नली हाथ में थमा गया है। मालिक अपनी सुडौल तोंद तकिये के सहारे लगाए अनमने भाव से नली मुंह में लगाने की चेष्टा कर रहे हैं। ऐसे ही समय भीतर दरवाजे के शब्द से आंख उठाकर वे बोले–"कौन?"

अन्दर से आवाज आई–"मैं हूं। बिना कुछ खाए-पिए बाहर कैसे चले आए? क्या गुस्सा है?"

गोलोक ने कहा–"गुस्सा? नहीं। गुस्सा और अभिमान अब किस पर करूंगा, बताओ! वह सब तो तुम्हारी जीजी के साथ ही चला गया!" इतना कहकर उन्होंने एक लम्बी सांस ली, फिर बोले–"नहीं, इस समय और कुछ नहीं खाऊंगा, आज गोकुल भगवान का तिरोभाव है–इसलिए संध्या के बाद भी संध्या-पूजा करके ही जरा दूध-गंगाजल मुंह में डालूंगा। इसी तरह दिन कट जाएगा।" कहकर और गहरी सांस छोड़कर उन्होंने हुक्के की निगाली मुंह में डाल ली।

जो स्त्री पर्दे के पीछे से बात कर रही थी उसने दरवाजे को जरा और खोलकर देखा कि कमरे में कोई और तो नहीं है, फिर धीरे-धीरे अंदर आ गई। स्त्री विधवा है। देखने में बुरी नहीं है; उम्र भी लगता है चौबीस-पचीस के नीचे ही होगी। बारीक सफेद धोती पहने है; हाथों में कोई गहना नहीं है, किन्तु गले में इष्टकवचयुक्त सोने का मोटा हार है। उसने हंसकर कहा–"आप इस प्रकार का परिहास किया करते हैं, भला लोग मन में क्या सोचेंगे! फिर क्या मुझे फिर घर वापस नहीं जाना है?" इतना कहकर दूसरे ही क्षण मुंह उदास करके बोली–

"जिनकी सेवा करने आई थी वे तो धोखा देकर चली गईं; अब घर लौट जाकर क्या मुझे बूढ़े सास-ससुर की देखभाल नहीं करनी है? आप ही बताइए।"

गोलोक ने तम्बाकू पीते-पीते कुछ गंभीर होकर कहा–"वह तो है ही। अपनी गृहस्थी अचल रखने के लिए दूसरे कुटुम्ब की स्त्री को पकड़कर तो रखा नहीं जा सकता। और यदि ऐसी होनहार न होती तो भला घर की लक्ष्मी ही इस उम्र में छोड़कर क्यों चली जाती! हे मधुसूदन! अच्छी बात है, चली जाना कोई अच्छा दिन देखकर। बहन की सेवा करने आई थीं, सेवा तो तुमने खूब की! गांव में सदा के लिए एक आदर्श स्थापित हो गया।"

ज्ञानदा मौन बनी रही। गोलोक कांछ की खूंट से आंखें पोंछकर कुछ देर चुपचाप तम्बाकू पीते रहे, फिर भारी गले से बोले–"सती-लक्ष्मी थीं; उनके दिन पूरे हो गए, वे चली गईं। उनके लिए दुःख नहीं करता, किन्तु घर-गृहस्थी तो चौपट हो ही गई। लड़कियां बड़ी होकर अपने-अपने पति-पुत्रों को संभाल रही हैं, उनके लिए भी कोई चिन्ता नहीं है, किन्तु बेचारा नन्हा बच्चा तो नष्ट हो ही जाएगा।"

ज्ञानदा आर्द्रकण्ठ से बोल उठी–"भगवान न करें! ये सब बातें आप मुंह से निकालते क्यों हैं!"

गोलोक ने सिर उठाकर उदासी-भरी हंसी हंसकर कहा–"मुंह से न निकालना ही उचित है, किन्तु सब कुछ तो आंखों के सामने स्पष्ट दिखाई पड़ रहा है। मधुसूदन! तुम्हीं सत्य हो। घर-गृहस्थी में अब मन भी नहीं है; जमीन-जायदाद भी विष-तुल्य लगता है। जीवन के जो दिन शेष हैं वे व्रत-उपवास करते और तुम्हारा नाम लेते-लेते बीत जाएंगे। इसकी भी चिन्ता नहीं है। मुट्ठी–भर एक बार मिल जाएगा तो ठीक, न मिला तो भी ठीक। किन्तु उस बच्चे की तो चिन्ता है ही। मधुसूदन! तुम्हारा ही भरोसा है।"

ज्ञानदा की दोनों आंखें छलछला उठीं। गोलोक की स्त्री यद्यपि उसकी ममेरी बहन थीं किन्तु वह उसे सगी बहन की तरह ही स्नेह करती थीं। इसीलिए जब कठिन बीमारी से पीड़ित होकर उन्होंने ज्ञानदा को याद किया तो वह किसी तरह भी आए बिना रह न सकी। वही बहन आज महीना-भर से अधिक हो गया, यह लोक छोड़कर चली गईं और जाते समय अपने दस साल के पुत्र को उसी के हाथ सौंप गईं।

उसने करुण कण्ठ से कहा–"किन्तु मैं तो सदा यहां नहीं रह सकती, आप ही बताइए लोग क्या कहेंगे!"

गोलोक की आंखें चमक उठीं; वे बोले–"लोग तुम्हें कहेंगे? इस गांव में बसते हुए?" इससे अधिक बात उनके मुख से बाहर नहीं निकली, निकलने की कोई आवश्यकता भी न थी।

ज्ञानदा खुद भी यह बात जानती थी; इसलिए वह चुप हो गई।

गोलोक कहने लगे–"हमारी निन्दा करने पर उन्हें कहीं और जाकर रहना पड़ेगा–इस गांव में वे न रह सकेंगे। मुझे वह चिन्ता नहीं है; चिन्ता है सिर्फ बच्चे के लिए। वह तुम्हें बहुत चाहती थी, इसीलिए मरते समय अपनी संतान को तुम्हारे ही हाथ सौंप गई; मेरे हाथ में क्यों नहीं सौंपा?"

ज्ञानदा ने बड़े कष्ट से आंसू रोककर कहा–"सब समझती हूं जीजाजी, किन्तु मेरे बूढ़े सास-ससुर अब भी जीवित हैं। मेरे सिवा उनका कोई सहारा नहीं है।"

गोलोक ने बड़े हल्केपन से जवाब दिया–"नहीं, गति नहीं है! तुम भी कैसी हो! हां, मुखोपाध्याय महाशय जीवित रहते तो कोई बात भी थी; किन्तु उन्हें तो तुमने आंख से देखा भी नहीं। तेरह ही साल में विधवा हो गईं..."

ज्ञानदा ने कहा–"विधवा हो गई तो क्या जीजाजी! जितने दिन ससुर-सास जीवित हैं, उतने दिन तो उनकी सेवा मुझे करनी ही पड़ेगी।"

गोलोक कुछ देर तक चुप रहने के बाद एक गहरी सांस फेंककर बोले–"तब जाओ, हमारा सब कुछ चौपट करके! किन्तु एक बात सोच देखना छोटी मालकिन..."

ज्ञानदा गुस्सा होकर बोल उठी–"फिर छोटी मालकिन! कह रही थी न कि लोग आपका हंसी-मजाक उड़ाते हैं। क्यों, नाम लेकर पुकारने में क्या होता है?"

गोलोक ने मुंह को प्रफुल्ल करके कहा–"करें मजाक, छोटी मालकिन! रिश्ता ही ठहरा हंसी-मजाक का!"

ज्ञानदा एकाएक हंस पड़ी, फिर तुरन्त गंभीर होकर बोली–"नहीं, सो नहीं होगा, आपने सदा नाम लेकर बुलाया है–उसी से बुलाया करें।"

गोलोक ने कहा–"अच्छा-अच्छा, वैसा ही होगा।" इतना कहने के साथ ही देखते-देखते उनका दाढ़ी-मूंछहीन मुंह विषाद से आच्छन्न हो गया। धीरे–धीरे एक उठते हुए निश्वास को दबाकर मानो वे मन-ही-मन कहने लगे–"हाय रे!

कलेजे में रात-दिन हू-हू करके आग जल रही है। फिर मैं हंसी करूंगा ? मजाक करूंगा ? तब भी बीच-बीच में... पर जाने दो, नहीं करूंगा। जब जीवन-भर ऐसा नहीं किया कि किसी को असन्तोष हो तब उसे आज ही क्यों करूंगा! जमीन-जायदाद विष है ! गृहस्थी विष है ! हे मधुसूदन ! कब तुम्हारे श्रीचरणों में मुझे शरण मिलेगी ?"

ज्ञानदा छलछलाई हुई आंखों से चुपचाप देखती रही। गोलोक कहने लगे–"फिर जलन पर जलन ! फिर उसके ऊपर दिन-रात विवाह लगाने वाले घटकों का उत्पात ! वे तो सब जानते हैं, उनसे छिपाकर तो रह नहीं सकता। उनसे कहता हूं–तुम्हारी बात मानता हूं, यह जानता हूं कि कुलीन की कुलरक्षा कुलीन को ही करनी चाहिए, और शोक-ताप से, अकाल-असमय में बाल पक गए हैं, यह भी सत्य है, किन्तु फिर भी ये पके बाल तो हैं ही ! इन्हें लेकर फिर से विवाह करना, फिर से एक बंधन में बंधना क्या शोभा देगा ? तुम्ही बताओ न छोटी मालकिन ?"

ज्ञानदा ने सूखी हंसी हंसकर कहा–"अच्छा तो है ! कर डालिए न एक और ब्याह !"

गोलोक ने कहा–"उन्मत्त और पागल हुई हो ? फिर ब्याह। लक्ष्मी जैसी तुम जिसके घर में मौजूद हो–कुछ भी कहो, अनाथ बहनोई कोई इस तरह बह कर तुम नहीं जा सकतीं। मरते समय जो उसे तुम्हारे हाथ में दे गई है उसका मान तुम्हें रखना ही होगा। फिर मेरी... कौन है ?"

नौकर ने मुंह आगे निकालकर समाचार दिया–"चोंगदार महाशय आए हैं।"

गोलोक ने मुंह बनाकर कहा–"आ: ! अब मुझसे और न होगा। काम, काज, सम्पत्ति-जायदाद ! इस तरफ मेरा सब कुछ विष-तुल्य हो गया है, इसे किसे समझाऊं और समझेगा ही कौन ! मधुसूदन ! कब पार लगाओगे ? जाओ न, खड़े क्या हो ? आने को कह दो।"

नौकर चला गया; ज्ञानदा ने भी भीतरी दरवाजे के अन्दर जाकर दबी आवाज में पूछा–"तो इस समय सचमुच ही कुछ न खाओगे ?"

गोलोक ने सिर हिलाकर कहा–"नहीं, प्रभु गोकुल के तिरोभाव का दिन पर्व-दिवस है। छोटी मालकिन, हम पुराने जमाने के लोग अब भी इन बातों को मानते हैं, इसीलिए आज भी चन्द्र-सूर्य आकाश में उगते हैं, नदी में ज्वार-भाटा

आता है। मधुसूदन ! तुम्हारी इच्छा !"

ज्ञानदा ने कहा–"पर्व होने दो, जरा-सा दूध-गंगाजल मुंह में डालने में कोई दोष नहीं। जरा जल्दी आना, मैं लेकर बैठी रहूंगी।" इतना कहकर उसने अन्दर का दरवाजा भेड़ दिया।

सामने द्वार से नौकर के पीछे-पीछे एक भद्र व्यक्ति ने प्रवेश किया गोलोक ने उनका स्वागत करते हुए कहा–"आओ चोंगदार, बैठो। मैं सोच में मरा जा रहा था,-जरा खबर ही भिजवा देते ! भोला, जा शूद्र वाले हुक्के में शीघ्र पानी भरकर उस पर तम्बाकू भर ला !"

विष्णु चोंगदार ने प्रणाम किया और गोलोक की चरणधूलि लेकर फर्श पर एक ओर बैठते हुए सांस फेंकी; फिर कहा–"दम मारने तक की फुर्सत थी नहीं बड़े मालिक, आप तो खबर भेजने की बात कहते हैं ! खैर, पांच सौ और तीन सौ-आठ सौ तो जहाज पर लदवा दिए, तब आया हूं। आः, कैसी झंझट है !"

दक्षिण अफ्रीका को भेड़-बकरे भेजने के गुप्त कारबार में यह विष्णु चोंगदार गोलोक का साझीदार था। तीन महीने में तीन हजार पशु चालान करने की शर्त पर लिखा-पढ़ी हुई थी। इसलिए यह खबर सुनकर गोलोक प्रसन्न नहीं हुए। अप्रसन्न मुख से बोले–"आठ ही सौ ? कंट्राक्ट (ठेका) तो तीन हजार का है–अब भी तो बहुत बाकी है !"

चोंगदार ने क्षुब्ध होकर कहा–"भेड़–बकरे अब कहां मिलते हैं बड़े मालिक ! सब चालान ! यही आठ सौ एकत्र करने में नाक में दम आ गया। हां, हरेन ने रामपुर से चिट्ठी भेजी है कि आठ-दस दिन में वह और भी पांच-सात सौ रेल से रवाना कर रहा है; केवल उतारकर जहाज पर लाद देना है। फिर समय भी तो तीन महीने का है–नारायण की इच्छा से सब हो जाएगा।"

गोलोक आश्वस्त होकर बोले–"तुम्हारे ऊपर ही भरोसा है। मुझे तो इस समय एक प्रकार का गृहस्थ-संन्यासी समझो। तुम्हारी बहूजी के मरने के बाद से रुपया-पैसा, धन-दौलत सब कुछ मेरे लिए विष है। सिर्फ उसी नाबालिग बच्चे के लिए करना पड़ता है–सो रुपये में रुपया भी आएगा या नहीं, कौन जाने !"

चोंगदार ने गर्दन हिलाकर कहा–"निश्चय, निश्चय। किन्तु रुपया पीटेगा इस बार अहमद साहब ! सात सौ का कंट्राक्ट मिला है–और अधिक पाता, किन्तु रुपये के न होने से वह हिम्मत न कर सका।"

गोलोक ने आंख से एक इशारा करते हुए पूछा–" 'बड़ों' का मिला है क्या?"

चोंगदार ने कहा–"हूं! नहीं तो क्या मैं छोड़ देता!"

गोलोक दाहिना हाथ मुंह के सामने करके बोले–"दुर्गा! दुर्गा! राम-राम! सबेरे-सबेरे यह बात क्या मुंह से निकालनी चाहिए, चोंगदार? जाति का म्लेच्छ है, धर्माधर्म-ज्ञान नहीं है, फिर भी दस हजार मार लेगा, क्यों?"

चोंगदार ने कहा–"और ज्यादा! और ज्यादा!"

गोलोक ने कहा–"अगर लड़ाई ज्यादा दिन चली तो देखता हूं, बेटा 'लाल' हो जाएगा! है न?"

चोंगदार ने कहा–"इसमें क्या शक है! फिर भी बहुत रुपयों का खेल है। एकसाथ जुटा सके तब न?"

गोलोक ने कहा–"कंट्राक्ट दिखाकर कर्ज लेगा, इसमें कठिनाई क्या है?"

चोंगदार ने सिर हिलाते-हिलाते कहा–"यह बात तो है, पर मिले तब तो! मुझसे भी कह रहा था।"

यह बात सुनकर गोलोक की उत्सुकता जग उठी। उन्होंने पूछा–"क्या कह रहा था? क्या सूद देना चाहता है?"

चोंगदार ने कहा–"चार पैसा तो देगा ही। शायद..."

गोलोक ने वाक्य पूरा नहीं होने दिया। गुस्से से बोला–"चार पैसा! अपने रुपये का रुपया मारेगा, और सूद में देगा चार पैसा? दस आने, छः आने के हिस्से की इच्छा हो तो मिलने को कह देना।"

चोंगदार ने कुछ विस्मित होकर पूछा–"क्या आप साहब को रुपया देंगे? किन्तु बात लोगों को मालूम होने पर..."

क्षण-भर में ही गोलोक ने अपने को संभाल लिया और जरा सूखी हंसी हंसकर बोले–"राधा–माधव! तुम पागल हो गए हो चोंगदार? बल्कि हो सका तो मैं दूसरों को मना कर दूंगा। फिर जानने वालों में तुम और हम दो ही तो हैं। किन्तु एक बात कहता हूं, रुपया तो वह उधार लेगा ही, लेकर बाप का श्राद्ध करेगा, रंडी नचाएगा या गाय का चालान करेगा, इससे महाजन को क्या मतलब!" इतना कहकर उसकी राय जानने के लिए कुछ देर प्रतीक्षा करने के बाद खुद ही बोले–"यह बात नहीं है चोंगदार, एक बात की बात कह रहा हूं कि इतना खोद-विनोद करने पर महाजन का काम नहीं चल सकता। किन्तु मुझे तो तुम सदा

से देखते आ रहे हो, ब्राह्मण की संतान हूं, धर्म के रास्ते पर चलकर भीख से पेट भरना अच्छा समझता हूं, किन्तु अधर्म का पैसा कभी छूता नहीं ! केवल उनके चरणों में मति स्थिर रखने के कारण ही आज पांच गांवों का समाजपति हूं ! आज अपने मुंह की एक बात से ब्राह्मण को शूद्र, शूद्र को ब्राह्मण वर्ग में भेज सकता हूं। मधुसूदन ! तुम्हारा ही सहारा है ! उस बार की गहरी बीमारी में जब डाक्टर जयगोपाल ने कहा कि आपको सोडावाटर का सेवन करना ही होगा, तब मैंने कहा था–डाक्टर ! जब जन्मा हूं तब मरूंगा भी, इसमें कोई विशेष बात नहीं है, किन्तु गोलोक चटर्जी के कानों को फिर यह बात न सुननी पड़े। मैं केनाराम का पुत्र, और हरराम चटर्जी का पोता हूं–जिसके एक बूंद पादोदक के लिए स्वयं भांडारहाटी के राजा को भी पालकी-कहार भेजने पड़ते थे !"

चोंगदार ने दूसरी बार प्रणाम करके उठ खड़ा होकर कहा–"इस बात को भला कौन' अस्वीकार करेगा ! इसे तो दुनिया के सभी लोग जानते हैं !"

जवाब में गोलोक ने सिर्फ एक लम्बी उसांस ली और कहा–"मधुसूदन ! तुम्हारा ही भरोसा है।"

चोंगदार को जाते देखकर उसे पास बुलाकर गोलोक ने कहा–"और देखो, हरेन के पास से आने पर रेलवे रसीद जरा दिखाने के लिए लेते आना।"

चोंगदार ने गर्दन हिलाकर कहा–"जो हुक्म !"

गोलोक ने कहा–"इतना होने पर आठ सौ और पांच सौ हुए। बाकी रहे सत्रह सौ। तीन महीने का समय है। हो जाएगा, क्यों ?"

चोंगदार ने कहा–"जी होगा क्यों नहीं !"

गोलोक ने कहा–"इसीलिए तुमसे तभी कहा था चोंगदार, एकदम पूरा पांच हजार क़ा कंट्राक्ट कर डालो। किन्तु उस समय तुम्हारी हिम्मत न पड़ी।"

चोंगदार बोला–"जी, पर यदि उतने भेड़-बकरे न जुट पाते...।"

गोलोक ने प्रतिवाद नहीं किया बोले–"यही अच्छा, यही अच्छा ! धर्म-मार्ग पर एक का आधा, आधे की जगह चौथाई हो तो भी बहुत है, किन्तु अधर्म-पथ पर मोहरे भी मिलें तो कुछ नहीं ! समझे न चोंगदार ? मधुसूदन ! तुम्हारा ही भरोसा है।"

चोंगदार और कुछ न कहकर चला गया। तब भगवद्भक्त गृहस्थ संन्यासी चटर्जी महाशय ने दग्ध हुक्के को उठाकर चिन्तित मुख से तम्बाकू पीना शुरू

किया। विषय-संपत्ति कदाचित् उन्हें फिर विष के समान मालूम होने लगी, किन्तु इसी समय अन्दर का दरवाजा कुछ खोलकर दासी ने मुंह बढ़ाकर कहा–"मौसी एक बार भीतर बुला रही हैं।"

गोलोक ने चकित होकर पूछा–"क्यों, बता तो सदू ?"

दासी ने कहा–"थोड़ी जलपान की सामग्री लेकर बैठी हैं, मौसी जी।"

गोलोक ने हुक्के को रखकर जरा हंसते हुए कहा–"तुम्हारी मौसी के मारे मेरी आफत है सदू ! मैंने पर्व के दिन एक समय उपवास करने का निश्चय किया था। जान पड़ता है, यह भी उन्हें सहन नहीं हुआ !" इतना कहकर वे उठ खड़े हुए और जाते-जाते उसांस लेकर कहते गए–"घर–गृहस्थी में रहते हुए परलोक के लिए थोड़ा भी काम करने में कितने विघ्न आते हैं ! मधुसूदन ! हरि !"

4

संध्या का स्वास्थ्य कुछ दिनों से उतना अच्छा नहीं चल रहा है। प्रायः ज्वर हो जाता है और पिता की चिकित्सा के अधीन होने के कारण धीरे-धीरे उसकी तबीयत और खराब होती जा रही है। मां विपिन डाक्टर को बुलाने की धमकी रोज देती हैं और इसी बात को लेकर मां-बेटी के बीच रोज ही कोई-न-कोई झगड़ा उठ खड़ा होता है। आज शाम को संध्या सामने के बरामदे में दीवार के सहारे बैठ गई और मां के दिए सागूदाने को आंख बन्द करके खा गई और जल्दी से मुंह में एक पान डालकर सागूदाने को उल्टी दिशा में जाने से रोकने लगी। इस खाद्यवस्तु के प्रति उसे बड़ी अरुचि थी। किन्तु न खाने या कम खाने की बात को लेकर कोई झगड़ा खड़ा करने की इच्छा उसे न हुई। कहीं-न-कहीं से मां उस पर नजर रखे हुए हैं, यह वह निश्चयपूर्वक जानती थी। इसके पहले शायद वह कोई किताब पढ़ रही थी–उसकी गोद में किताब खुले पन्नों से उलटकर रखी हुई थी; उसे फिर से उठाकर वह उसी पन्ने की ओर दृष्टि लगाने का यत्न कर रही थी कि उसने सुना, आंगन में एक ओर से कोई आवाज आ रही हैं–"काकी, कहां हो?"

जिसने घर में प्रवेश किया है, वह अरुण हैं। उसके धोती-कपड़े एवं थकान से भरा चेहरा देखते ही समझ में आ गया है कि वह इस समय कहीं दूसरी जगह से आ रहा है।

क्षण-भर के लिए संध्या के पीले मुख पर ललाई दौड़ गई। उसने आंख उठाकर हंसते मुख से पूछा–"अरुण भैया, जान पड़ता हैं तुम कलकत्ता से आ रहे हो!"

अरुण ने पास आकर आश्चर्य प्रकट करते हुए कहा–"हां, किन्तु तुम इतनी सूखी-सूखी–सी क्यों दिखाई पड़ रही हो? फिर ज्वर आ गया था?"

संध्या बोली–"ऐसा ही कुछ होगा शायद। किन्तु तुम्हारा चेहरा भी तो खूब ताजा नहीं दिखाई पड़ रहा है।"

अरुण ने हंसकर कहा–"चेहरा का इसमें क्या अपराध है? सारे दिन से नहाया–खाया नहीं। तुमने अच्छे पैटर्न की फरमाइश की थी; खोजते-खोजते हैरान हो गया। यह लो।"

इतना कहकर जेब से कागज का एक पैकेट निकालकर संध्या के हाथों में दे दिया। फिर पूछा–"काकी कहां हैं? काका, जान पड़ता है, बाहर गए हैं? गए शनिवार को किसी तरह घर न आ सका–इसीलिए इसे लाने में देर हुई। क्या बुनोगी, चिड़िया-विड़िया या देवी-देवता? या गुलाब का फूल..."

संध्या ने कहा–"वह सब सोचने के लिए बहुत समय है, किन्तु जिसे लाने में सात दिन की देर हो गई, उसे देने में घंटा-आध घंटा सब्र नहीं हुआ? स्टेशन से सीधे घर न जाकर यहां कैसे आ गए?"

अरुण ने हंसकर कहा–"नहाने-खाने की बात? वह सब तो संध्या के बाद होगा। किन्तु इतनी जल्दी-जल्दी बीमार क्यों होने लगी हो, बताओ तो?"

उसके 'संध्या' शब्द के प्रति एक छिपे हुए गूढ़ कटाक्ष ने संध्या के कान के नीचे मानो चोट करके उसे लाल कर दिया, किन्तु मानो उस पर ध्यान न दे उसने कुछ गुस्से के साथ कहा–"उसमें (संध्या में) भी अब क्या बाकी है अरुण भैया? जाओ, अब झूठ-मूठ देर न करो!"

प्रत्युत्तर में अरुण पुनः हंसकर न जाने क्या कहने जा रहा था किन्तु जगद्धात्री के मुंह की ओर देखकर उसके मुंह की बात मुंह में ही रह गई। वे क्रोध के मारे सारा मुंह काला करके कोठरी से बाहर निकल आई थीं। कन्या को लक्ष्य करके बोलीं–"अब पान को और मत चबा संध्या! पहले उसे थूक दे, फिर चाहे जितनी हंसी–ठट्ठा कर!" इतना कहकर किसी की ओर देखे बिना ही तेजी के साथ कोठरी में चली गईं।

अकस्मात् यह कैसा काण्ड हो गया! अरुण वजाहत की भांति निश्चल, निर्वाक् खड़ा रह गया और संध्या के चेहरे का रंग उड़ गया, मानो कुछ क्षणों के लिए संध्या के आकाश का सब प्रकाश एकदम बुझ गया। कुछ देर इसी अवस्था में रहकर संध्या ने मुंह का पान थूक दिया और सहसा रुआंसी होकर बोली–"अरुण भैया, अब तुम इस घर में क्यों आते हो? हम लोगों का सर्वनाश किए बिना क्या तुम न छोड़ोगे?"

पहले तो अरुण एक भी बात न कह सका, उसके बाद धीरे-धीरे इतना ही

कहा–"मुंह का पान थूक दिया संध्या ! मैं क्या सचमुच तुम्हारे लिए अस्पृश्य हूं?"

संध्या सहसा रो पड़ी, फिर बोली–"तुम्हारी जाति नहीं, धर्म नहीं-तब तुमने कैसे मुझे छू लिया !"

"मेरी जाति नहीं है? धर्म नहीं है?"

"ना, नहीं है ! तुम विलायत गए थे–तुम म्लेच्छ हो ! उस दिन मां ने तुम्हें पीतल के गिलास में पानी पीने को दिया था, तुम्हें याद नहीं है?"

अरुण ने दीर्घ निश्वास लेकर कहा–"नहीं, मुझे याद नहीं है। किन्तु तुम्हारे लिए आज मैं अस्पृश्य हूं ! म्लेच्छ हूं !"

संध्या ने आंखें पोंछकर कहा–"केवल मेरे ही लिए नहीं, सबके लिए। सिर्फ आज से नहीं, जब से किसी की बात न मानकर विलायत चले गए, तभी से।"

अरुण ने कहा–"किन्तु मैंने सोचा था..."

किन्तु उसने क्या सोचा-समझा था, इसे कुछ भी न कह सका। क्षण-भर स्थिर रहकर बोला–"मैं शायद फिर इस घर में न आऊंगा, किन्तु तुम मुझसे घृणा न करो सध्या ! मैंने कभी कोई घृणित काम नहीं किया !"

संध्या बोली–"अरुण भैया ! क्या तुम्हें भूख-प्यास नहीं है? क्या खड़े-खड़े मेरे साथ केवल झगड़ा करते रहोगे?"

अरुण ने कहा–"नहीं, झगड़ा मैं नहीं करूंगा। जो घृणा करे उसके साथ आमने-सामने खड़ा होकर मैं विवाद करूं, इतना क्षूद्र मैं नहीं हूं !" इतना कहकर अरुण धीरे-धीरे बाहर चला गया। संध्या उस ओर एक बार देखकर पत्थर की मूर्ति की तरह बैठी रह गई।

मां सामने आकर प्रसन्न मुख से बोली–"जाने दे; अब शायद नहीं आएगा।"

संध्या चकित होकर बोली–"नहीं?"

मां बोली–"खामखा छू दिया, जा कपड़े बदल ले।"

संध्या ने मां के मुंह की ओर देखते हुए पूछा–"कपड़े तक उतर फेंकने होंगे?"

उसके कुम्हलाए मुंह के भीतर क्या छिपा है, यह जननी दख सकी। उसने विस्मित होकर कहा–"फेंकने नहीं होंगे? क्रिश्चियन आदमी ठहरा–कोई विधवा, या बड़ी-बूढ़ी होती तो उसे नहाना भी पड़ता ! उस दिन रासू मौसी–हां, वह अपनी बड़ाई जरूर करती है–परन्तु आचार–विचार सीखना हो तो कोई उससे सीखे। दूले

की छोकरी ने छुआ हो या न छुआ हो, तो भी नतिनी को उस अबेला में डुबकी लगाकर ही दरवाजे में घुसने दिया !"

संध्या ने कहा–"ठीक है मां, जाती हूं।"

मां सिर हिलाकर बाम्हन के आचार-विचार के बारे में शायद कुछ और उपदेश देने जा रही थीं किन्तु पीछे से आवाज सुनाई पड़ी–"जग्गो, घर में है क्या ?"

गोलोक चटर्जी एकदम आंगन के बीच आ खड़े हुए। जगद्धात्री ने मुड़कर कहा–"ओ मां ! चटर्जी मामा आए हैं ! कैसा सौभाग्य है !"

किन्तु उस दिन की रासू मौसी और अपनी कन्या की घटना का स्मरण करके उनका मुंह सूख गया। संध्या उठकर खड़ी हो गई थी। गोलोक ने मां को उत्तर न देकर लड़की को ही सम्बोधित किया। हंसकर बोले–"बोलो, मेरी संध्या नतिनी ! तुम कैसी हो ? कुछ रोगिणी-सी दिखाई दे रही हो।"

संध्या ने कहा–"नहीं, अच्छी हूं बाबा !"

जगद्धात्री ने अपने सूखे मुंह पर कुछ हंसी लाकर कहा–"हां, अच्छी ही है। महीना पूरा होने को आया, मामा, रोज बीमारी, रोज ज्वर ! आज भी तो सागूदाना खाकर रह गई है।"

गोलोक ने कहा–"यह बात है ? सो होगा क्यों नहीं बेटी,–कहां वह गोद और कांख में बाल-बच्चे लिये घर-गृहस्थी करती, और कहां तुम लोगों ने उसे टांगकर रख छोड़ा है ! कब इसे पात्र को देगी ? उम्र तो..."

जगद्धात्री उम्र की बात चटपट दबाकर बोल उठी–"क्या करूं मामा, मैं अकेली औरत ठहरी, किधर-किधर संभालूं ! तुम्हारे जमाई तो कुछ समझते-बूझते नहीं, डाक्टरी लिए ही उन्मत्त रहते हैं। धिक्कार के मारे मेरा तो ऐसा मन होता है कि यह सब छोड़-छोड़कर सास के पास काशी भाग जाऊं और वहीं रहूं। फिर जो भाग्य में होना हो, हो !" इतना कहते-कहते उनका कंठ-स्वर गद्गद हो उठा।

गोलोक ने कहा–"पागल आजकल करता क्या है ?"

जगद्धात्री ने कहा–"वही तो, अगर एकदम पागल ही हो जाते तो जान बचती, घर में जंजीर से बांधकर रख तो सकती। ये तो दोनों से अलग हैं; मुझे तो जलाकर बिलकुल राख कर दिया !" इतना कहकर उन्होंने आंचल से आंखें पोंछ ली।

गोलोक ने सहानुभूति के स्वर में कहा–"यह तो हैं ही, यह तो है ही–मैं भी बहुत-सी बातें सुना करता हूं। किन्तु तुम लोग भी तो बेटी, धनुष-भंग जैसी प्रतिज्ञा किए बैठी हो–जब तक स्वामी कार्तिकेय न मिलें लड़की का ब्याह न करोगी! हम सब बड़े कुलीनों के घर कभी ऐसा होता है, या कभी हुआ है बेटी? सुना नहीं तूने, उस जमाने में तो कितने कुलीनों को मृत्युकाल में गंगायात्रा करते हुए भी कुलीनों के कुल की रक्षा करनी पड़ती थी? मधुसूदन, तुम्हीं एकमात्र सत्य हो!"

जगद्धात्री ने क्षुब्ध होकर कहा–"किसने तुमसे कहा मामा कि जब तक मेरा जमाई मोर पर चढ़कर न आएगा, मैं लड़की न ब्याहूंगी? लड़की पहले है कि कुल पहले? वंश में किसी ने कभी शूद्र-कायस्थों के घर में पैर भी नहीं धोए, और मैं चाहूंगी कार्तिकेय? हां, छोटे घर में न ब्याहूंगी, यह है हमारा प्रण-लड़की को चाहे पानी में फेंकना पड़े फेंक दूंगी!"

गोलोक ने खुश होकर कहा–"इतनी ही बात तो है न? अच्छा मैं देखूंगा।"

जाय-जाय करके भी संध्या सिर झुकाए, लाल हो रहा मुंह लिये, वहीं खड़ी थी। गोलोक ने उसकी ओर देखकर हंसते हुए गूढ़ स्वर में कहा–"यदि कार्तिकेय नहीं चाहती जग्गो, तो न हो अपनी लड़की को मेरे ही हाथों क्यों नहीं सौंप देती! सम्बन्ध में भी रुकावट नहीं, और रहेगी भी राजरानी बनकर। क्या कहती हैं नतिनी?[1] पसंद है?"

कोई दूसरा समय होता तो संध्या परिहास में शामिल होती, किन्तु अरुण से लेकर पिता का प्रसंग उठाए जाने तक वह क्रोध से, दुःख से, लज्जा से जली जा रही थी, इसलिए मुंह उठाकर उसने कठोर भाव से जवाब दिया–"पसंद क्यों न आओगे बाबा! बांस और रस्सी की खाट पर पड़े इधर से ही तो आओगे, मैं माला गूंथकर तैयार रहूंगी तब!" इतना कहकर वह जल्दी से दरवाजे से बाहर चली गई।

वह भयानक क्रोध करके गई है, यह बात बिल्कुल स्पष्ट थी। निरर्थक परिहास की इस तीव्र लांछना से पहले तो गोलोक अवाक् खड़े रह गए, फिर हाः-हाः सूखी हंसी-हंसकर बोले–"यह लड़की क्या, विलायती पलटन है! यह तो खैर, बाबा-नतिनी का सम्बन्ध है–कह भी सकती है, किन्तु उस दिन रासू के

---

1. बंगाल में नतिनी से परिहास करने की प्रथा है। – अनु.।

मुंह से सुना कि जो कुछ उसके मुंह में आया वही कह डाला ! मां-बाप तक की रियायत नहीं की !"

आरंभ से ही जगद्धात्री को ठीक इसी बात का डर हो रहा था, केवल बीच में उसे आशा हो चली थी कि परिहास में शायद वह संकट टल गया। शायद टल ही जाता पर लड़की ने व्यर्थ लकड़ी से खोंचा देकर विषधर सांप को बाहर निकाल दिया। लड़की के प्रति उसकी विरक्ति की सीमा नहीं रही, किन्तु बाहर उसने विनय-पूर्वक कहा–"नहीं मामा, संध्या ने तो वैसी कोई बात नहीं कही। मौसी तिल का ताड़ बनाया करती हैं, यह तो तुम भली भांति जानते हो।"

गोलोक बोले–"हां, यह तो जानता हूं, किन्तु मेरे साथ ऐसा नहीं करती।"

जगद्धात्री बोलीं–"मैं तो उस समय वहीं खड़ी थी मामा !"

गोलोक हंसकर बोले–"ऐसा है, तब तो और भी अच्छी बात है। तुमसे डांटा भी नहीं गया ?"

इस हंसी से जगद्धात्री मन-ही-मन कुछ बल पाकर क्रोधपूर्वक बोलीं–"डांटना ! तुम देख लेना मामा, मैं उसकी कैसी दुर्गति करती हूं !"

गोलोक स्निग्ध भाव से बोले–"रहने दे, दुर्गति करने की अब आवश्यकता नहीं। ब्याह होने, गृहस्थी का बोझ आ पड़ने पर अपने-आप सुधर जाएगी। फिर भी थोड़ा अंकुश रखना ही चाहिए। समय बड़ा बुरा आ गया है न ! अरुण आता है अब ?"

जगद्धात्री भयवश झूठ बोल गईं–"अरुण ? नहीं"

गोलोक ने कहा–"अच्छा है। उस लड़के को न आन दिया करो। तरह-तरह की बातें सुनने में आती हैं।"

अरुण को संध्या बचपन से ही भैया कहकर पुकारती आई है। उसके विलायत जाने के पहले तक दोनों के बीच बड़ा हेल-मेल था। किन्तु वह ब्राह्मण-वंश की इतनी नीची सीढ़ी पर था कि उनके बीच का यह स्नेह कभी किसी कारण से किसी और रूप में भी बदला जा सकता है, यह संशय स्वप्न में भी मां के मन में उदित नहीं हुआ था। किन्तु कुछ दिनों से संध्या के आचरण और बातचीत में कभी-कभी ऐसी एक तीव्र ज्वाला प्रकट हो उठने लगी थी कि मां की मुंदी आंखों में भी उसका आभास दिखाई पड़ जाता था। किन्तु शेषपर्यन्त यह बात इतनी असंभव थी कि उसे लेकर उद्विग्न होने का प्रयोजन उसे अनुभव नहीं होता था।

अब उसी बात का स्पष्ट संकेत दूसरे के मुंह से सुनकर सहसा वह धीरज न रख सकी। कड़ुए स्वर में बोल उठी–"सुनने को तो बहुत कुछ सुना जा सकता है मामा! किन्तु मेरी बेटी की बात लेकर लोगों के सिर में इतना दर्द क्यों?"

गोलोक मृदु हंसी हंसकर धीर भाव से बोले–"यह तो सच है, बेटी! किन्तु समय पर सावधान हुए बिना लोगों का जला मुंह बंद तो नहीं किया जा सकता जग्गो!"

जगद्धात्री इसके जवाब में भी न जाने क्या कहने जा रही थीं किन्तु ठीक इसी समय संध्या की करतूत देखकर वह भय, विस्मय और निदारुण क्रोध से चुप हो रहीं। संध्या तालाब से नहाकर घर में प्रवेश कर रही थी; उसके कपड़े भीगे थे, सिर के बालों के गुच्छों से पानी झर रहा था; अभी तक उन्हें निचोड़ने का अवकाश भी उसे नहीं मिला था। इसी हालत से बगल से होती हुई वह जल्दी से अपनी कोठरी में चली गई।

गोलोक ने कहा–"तू तो कह रही थी कि लड़की को बुखार है जग्गो? किन्तु यह तो संध्या के समय नहाकर आई है?"

जगद्धात्री ने केवल इतना ही जवाब दिया–"क्या जानूं मामा!" किन्तु मन में उन्होंने अच्छी तरह समझ लिया था कि यह उन्हीं के विरुद्ध अरुण के अपमान का कठोर बदला है।

गोलोक ने कहा–"इस तरह का अत्याचार करने से तो हालत बुरी होगी!"

जगद्धात्री बोलीं–"हो तो हो, मैं क्या करूंगी, बताओ! वह मेरे हाथ के बाहर है!"

गोलोक ने सिर हिलाते-हिलाते कहा–"यह तो समझ रहा हूं। अच्छा, मैं पूछता हूं, इस घर का मालिक कौन है? तू है या जमाई हैं; या तेरी लड़की है?"

जगद्धात्री बोलीं–"सभी मालिक हैं।"

गोलोक ने कहा–"तब उनसे कह देना कि मुहल्ले में दूले-बागदियों को बसाने से काम नहीं चलने का! यदि वे इसकी व्यवस्था न करेंगे तो अन्त में वह मुझे ही करनी होगी। मधुसूदन! बस तुम्हारा ही भरोसा है।"

प्रत्युत्तर में जगद्धात्री ने गुस्से से पुकारा–"संध्या, इधर तो आ।"

शायद संध्या कोठरी के अन्दर बाल झाड़ रही थी, जरा मुंह निकालकर बोली–"क्या है मां?"

मां बोलीं–"दूले-बागदियों को निकालेगी या मुझे ही कल नहाने के पहले झाड़ू मारकर निकाल देना होगा ?"

संध्या ने कहा–"दो दुखी अनाथ औरतों का झाड़ू मारना तो कोई कठिन काम नहीं है मां, परन्तु उन्होंने किसी का क्या नुकसान किया है ?"

इसका जवाब गोलोक ने दिया–"नुकसान क्यों नहीं करतीं ! परसों घूमने जाने के समय देखा–सड़क पर खड़ी बकरी को मांड़ पिला रही है। छिटकके वह रास्ते पर गिरता तो है ही !" इतना कहकर उन्होंने जगद्धात्री के मुंह की ओर देखा।

जगद्धात्री ने तुरन्त समर्थन करके कहा–"गिरेगा तो जरूर ही मामा !"

गोलोक ने कहा–"तब बताओ तो ! बिना जाने लोग सांप का विष भी पी जाते हैं, किन्तु जानने पर तो नहीं खाया जा सकता।"

फिर संध्या की ओर देखकर हंसते हुए बोले–"नतिनी ! अभी तुम्हारी कच्ची उम्र है, तुम चाहो तो रात को भी स्नान कर सकती हो, किन्तु मुझसे तो नहीं सधेगा !"

संध्या ने अन्तर के दुर्दमनीय क्रोध को दबाते हुए कहा–"यह तो जानती हूं बाबा ! किंतु बाबूजी ने जब उन्हें स्थान दिया है तब उनको कहीं और ठिकाना दिए बिना उन्हें यों ही निकालने में भी तो बाबूजी का ही अपमान है; यह मैं नहीं कर सकती !"

लड़की की इस मान-अपमान की धारणा पर मारे गुस्से के मां के मुंह से कोई बात बाहर न निकली। किन्तु गोलोक बोले–"अच्छी बात है, किन्तु उसका भी अभाव कहां है संध्या ? अरुण के मकान के पीछे तो बहुत जगह पड़ी है, उसे ही कह दे न आश्रय देने को ? बागदी-दूले चाहे जो हों, फिर भी वे हैं तो हिन्दू ही ! इससे उसकी जात थोड़े ही जाएगी !" इतना कहकर वह जगद्धात्री के मुंह की ओर देखते हुए मृदु-मृदु हंसने लगे। उनकी रसिकता का रस जगद्धात्री ने चाहे जितना लिया हो, अरुण की बात सुनकर कहीं भलाई-बुराई न समझने वाली उनकी यह लड़की कोई भयानक और कठोर बात न कह बैठे, यह सोचकर उनकी चिन्ता की कोई सीमा न रही।

और ठीक वही हुआ। संध्या के कण्ठ-स्वर में परिहास की तरलता उछल पड़ी, किन्तु जो बात सुनाई पड़ी वह जितनी तीखी थी, उतनी ही कठोर भी। उसने कहा–"और जाति चली ही जाए तो कौन उसका जमाखर्च रखता है, बताइए ! जो जाति मानता ही नहीं, उसके लिए जाति का जाना क्या और रहना क्या !"

गोलोक ने हंसने की चेष्टा की किन्तु उनका चेहरा स्याह पड़ गया। बोले–"जान पड़ता है, इन सब बातों पर तुम्हारे साथ उसका परामर्श चलता रहता है!"

संध्या खिलखिलाकर हंस पड़ी। बोली–"हाय-हाय, बाबा! जब वे आप लोगों को ही कुछ नहीं मानते, कुत्ते-बिल्लियों में शामिल समझते हैं, तो मेरा क्या!" इतना कहकर वह वाद-विवाद की प्रतीक्षा किए बिना पलक मारते-मारते कमरे में लुप्त हो गई।

जगद्धात्री और सहन न कर सकी, धमकियाकर बोलीं–"अभागी! दूसरे के लड़के को क्यों झूठ ही बदनाम करती हैं? उसे कौन नहीं जानता! मैं गंगा जल के बीच खड़ी होकर कह सकती हूं कि वह ऐसी बात कभी नहीं कह सकता।"

कोठरी के भीतर से कोई जवाब नहीं आया। गोलोक बोले–"नहीं जग्गो, आजकल सब लड़के-लड़कियां इसी प्रकार के हैं। अच्छी बात है, मैं कुत्ता-बिल्ली ही सही! किन्तु एक बात कहे जाता हूं आज, लड़की का ब्याह करने में अब देर न करना। जहां भी हो देकर इस पाप से छुट्टी पा ले, छुट्टी पा ले!"

जगद्धात्री रो पड़ीं। बोलीं–"कहीं ठीक कर दो न मामा, देख-सुनकर! अब मैं तो कुछ सोच-समझ पाती नहीं।"

गोलोक सिर हिलाते-हिलाते बोले–"अच्छा, देखूंगा। किन्तु तेरे एक बिटिया-भर तो हैं। दूर ब्याह हो गया तो तुझसे रहा न जाएगा; रोते-रोते मर जाएगी। हम लोगों के घरों में वर की आयु देखने से काम नहीं चलता। इसलिए पास ही कहीं हो, दोनों जून आंखों से देख सके तो इससे बढ़कर सुख और नहीं।"

जगद्धात्री ने आंखें पोंछकर करुण कण्ठ से कहा–"मामा! इतनी सुविधा मैं कहां पाऊंगी! हां यदि घरजमाई..."

गोलोक ने बात पूरी नहीं होने दी बोल उठे–"छिः छिः! ऐसी बात मुंह से भी न निकाल जग्गो; घरजमाई का जमाना अब नहीं रहा; उससे बड़ी निन्दा होती है। और यदि कोई मूर्ख-गंवार पकड़ भी लाया जाए तो गांजा पीकर और मतवाला बनकर तुम्हारा सब कुछ उड़ा डालेगा। मैं कहता हूं, अपनी ही बात सोच देखो न!"

इसमें छिपे इशारे को समझकर जगद्धात्री तुरन्त उत्तेजित हो उठीं। बोलीं–"सदा से ही देखती आ रही हूं मामा! सदा ही जलती-मरती रही।"

गोलोक ने मीठी हंसी हंसकर कहा–"तभी तो कहता हूं। बिना काम-काज के बैठे-बैठे खाने से यही होगा। यह क्या तेरी जैसी बुद्धिमती समझ नहीं पाती?"

जगद्धात्री आप्यायित होकर बोलीं–"समझती क्यों नहीं! भीतर ही भीतर सब समझती हूं। किन्तु मैं औरत जात ठहरी, किसी तरफ से मुझे कोई कूल-किनारा दिखाई नहीं देता!"

गोलोक ने आश्वासन देकर कहा–"दिखाई देगा, सब दिखाई देगा! जल्दी क्या है! सोच-विचारकर देखूंगा। किन्तु आज जाता हूं; संध्या हो गई है।"

जगद्धात्री ने विनती करके कहा–"मामा, खड़े ही खड़े रह गए, कुछ देर बैठोगे नहीं?"

गोलोक ने कहा–"नहीं बेटी, संध्या-पूजा का समय बीता जा रहा है; आज और देर न करूंगा।" इतना कहकर वे धीरे-धीरे बाहर हो गए। जगद्धात्री उन्हें पहुंचाने सदर दरवाजे के बाहर तक साथ-साथ गईं।

5

सुबह के समय प्रिय मुखर्जी महाशय अत्यन्त व्यस्त होकर प्रैक्टिस के लिए जा रहे थे; बगल में होमियोपैथी की पुस्तकें तथा हाथ में तौलिये से बंधा दवाइयों का बक्स था। उनके पीछे एककौड़ी दूले की विधवा स्त्री विनती करती चली आ रही थी–"महाराज, तुम दया न करोगे तो हम लोग कहां जाएंगे!"

प्रिय बाबू को मुंह घुमाकर बातचीत करने का अवकाश न था; उन्होंने बायां हाथ पीछे की ओर हिलाकर कह दिया–"नहीं, नहीं, नहीं! तुम लोगों को मैं अब और रख न सकूंगा, तुम लोग बड़े बदजात हो! तूने बकरी को मांड़ क्यों पिलाई?"

दूले की स्त्री विस्मित होकर बोली–"सभी के बकरी-बच्चे तो मांड़ पीते हैं महाराज!"

प्रिय बाबू ने भयानक क्रोध करते हुए कहा–"फिर झूठ बोलती है हरामजादी! कोई भी बकरी मांड नहीं पीती। बकरियां घास खाती हैं।"

दूले की स्त्री ने कहा–"घास खाती हैं, पत्ते खाती हैं, मांड भी पीती हैं महाराज!

प्रिय बाबू ने उसी प्रकार हाथ हिलाते हुए कहा–"नहीं-नहीं, तुम लोगों को और मैं नहीं रखूंगा, तुम लोग आज ही चले जाओ। गोलोक चटर्जी कह गए हैं, ब्राह्मण के मुहल्ले में तुम लोगों ने बकरी को मांड पिलाई है। तुम लोगों के ऊपर मुझे दया नहीं हैं; तुम लोग बड़े बदजात हो!"

दूले की बहू ने अन्तिम बार विनती करते हुए कहा–"तब क्या मांड को फेंक दिया करूं महाराज!"

प्रिय बाबू ने निस्संकोच कहा–"हां, फेंक दो! यदि तुम्हारे पास गाय होती तो उसे पिलाने में कोई दोष नहीं था। किन्तु यह तो बुरी बात हैं। आज ही चली जा, समझी? उः, बड़ी देर हो गई। सल्फर देने का समय बीता जा रहा है।" कहते-कहते वे तेजी से जाने की चेष्टा कर ही रहे थे कि दूले की बहू ने पीछे से

करुण स्वर में कहा–"महाराज, कल दिन-रात आठ पहर बीत गए, बेटी के पेट में एक दाना भी नहीं गया।..."

प्रिय बाबू तुरन्त घूमकर खड़े हो गए और बोले–"क्यों ? क्यों ? पेट चल रहा है ? या मिचली आ रही है ?"

दूले की बहू ने सिर हिलाया।

"तब क्या है ? पेट फूला है ? भूख नहीं है ?

"भूख तो बहुत है, महाराज !"

प्रिय बाबू बोले- "उः ! तो यह कह। यह भी एक बड़ा रोग है–नेट्रम आयोडम[1]; और भी अनेक दवाइयां हैं। इतनी देर से कहा क्यों नहीं ? देख-सुनकर एक खुराक दे देता। चल देखें..."

दूले की बहू ने इधर-उधर करके कहा–"दवा नहीं चाहिए महाराज ! थोड़े चावल मिल जाते तो रांधकर लड़की को खिला देती..."

प्रिय बाबू विस्मित की भांति कुछ देर तक देखते रहे, फिर जल उठ-कर बोले–"दवा नहीं चाहिए, चावल चाहिए ! हरामजादी, मेरे सामने से दूर हो जा ! नीच जाति के मुंह में आग !"

दूले की बहू लज्जित होकर जाने की तैयारी कर रही थी कि प्रिय बाबू उसे धमकाकर बोले–"पास में खाने को नहीं है तो संध्या के पास जाकर क्यों नहीं कहती ?"

दूले की बहू ने चुपचाप मुंह उठाकर देख लिया।

प्रिय बाबू ने कहा–"गृहिणी के पास न जा मरना ! घाट के पास जाकर खड़ी रहना; दीदी मां (संध्या) आवे तो उससे कहना कि मेरे दवाइयों के बड़े बक्स में एक अठन्नी पड़ी है, वह दे दे। किन्तु खबरदार, कहे दे रहा हूं, बीमार होने पर पहले मुझे बुलाना होगा ! उस समय विपिन के पास जाकर... कौन त्रिलोकी हो क्या ? षष्ठीचरण हो ? घर पर सब समाचार अच्छा तो है ?"

दूले की बहू धीरे-धीरे चली गई। त्रिलोकी और षष्ठीचरण ने सामने आकर प्रणाम करके कहा–"जी, आपके आशीर्वाद से सब समाचार अच्छा है। सब लोग ठीक हैं।"

---

1. होमियोपैथी की एक दवा।

प्रिय बाबू ने अस्फुट स्वर में आशीर्वाद देकर कहा–"अच्छी बात है ! अच्छी बात है ! ऐसा समय आया है कि मुझे तो नहाने-खाने की भी फुरसत नहीं मिलती। घर-घर खांसी-जुकाम और जरा भी उपेक्षा करने से ब्रांकाइटिस ! सबेरे-सबेरे किधर चले ?"

त्रिलोकी ने कहा–"जी, आपके पास !"

प्रिय बाबू ने उत्साहित होकर पूछा–"क्यों, क्यों, मेरे पास क्यों ?"

त्रिलोकी ने कहा–"लोगों को आने-जाने में बड़ा कष्ट होता है जमाई बाबू ! इसीलिए नाले पर एक पुल बनाना है। किन्तु आप यदि कुछ बांस-लकड़ी न देंगे तो कुछ होगा नहीं।"

प्रिय बाबू ने गुस्सा करके कहा–"किन्तु मैं उसे क्यों देने लगा ! गांव में क्या और मनुष्य नहीं हैं !"

बूढ़ा षष्ठीचरण अभी तक चुप था, अब वह गर्दन हिलाकर और एक बार प्रणाम करके बोला–"यदि अभय दें तो कहूं जमाई बाबू, सचमुच इस गांव में आपको छोड़ दसरा कोई मनुष्य नहीं है ! आप दया करेंगे तो दस आदमियों को चलने का सुभीता हो जाएगा, न देंगे तो हम किसान बांस खरीदने का रुपया कहां पाएंगे !"

त्रिलोकी ने कहा–"मरे जाते हैं महाराज, हाथ-पांव तोड़कर बिल्कुल मरे जाते हैं।"

प्रिय बाबू ने कहा–"किन्तु मालकिन सुनेंगी ! तो बड़ा गुस्सा होंगी।"

षष्ठीचरण ने कहा–"आप दे देंगे तो फिर वे क्या करेंगी ! तब तो न होगा तो हम सब जाकर उनके पांव पर गिर पड़ेंगे।"

प्रिय बाबू कुछ देर चिंतित मुख से खड़े रहे, फिर बोले–"लोगों को कष्ट हो रहा है ! अच्छा, जाओ ले लो। किन्तु खबरदार, मालकिन को न मालूम होने पावे ! ओ:-बड़ी देर हो गई ! रसिक बागदी की औरत का रात को क्या हाल रहा, कौन जाने। ब्रायोनिया का ऐक्शन-हिलने-डुलने से व्यथा में वृद्धि ! यह तो होगा ही। अच्छा चल दिया–चल दिया !" इतना कहकर प्रिय बाबू जल्दी-जल्दी चले गए।

बूढ़ा षष्ठीचरण कुछ हंसा, किन्तु त्रिलोकी ने कहा–"लोग कहते हैं सनकी हैं, किन्तु काका, इन पागल महाराज को छोड़ गरीब-दुनिया का दर्द समझने वाला

भी दूसरा कोई नहीं है। मन तो गंगाजल की भांति स्वच्छ है!" इतना कहकर जिस दिशा में जाकर पागल महाराज अदृश्य हो गए थे उसी ओर मुंह करके और दोनों हाथ जोड़कर उसने नमस्कार किया।

षष्ठीचरण बोला–"हुक्म हो गया, अब देरी न करो त्रिलोकी, काम को झटपट पूरा कर डालना चाहिए।"

त्रिलोकी ने गर्दन हिलाकर कहा–"हां, चलो काका!"

6

संध्या का अंधेरा धीरे-धीरे घना होता जा रहा था, किन्तु तब भी दीप जलाए नहीं गए थे। अरुण अपने पढ़ने के कमरे में टेबल के ऊपर दोनों पांव फैलाए छत की कड़ियों की ओर आंखें लगार स्थिर बैठा था। उसकी गोद में खुली किताब है किन्तु जरा ध्यान से देखने पर यह मालूम हो जाता है कि संध्या के अंधकार के कारण ही किताब बंद नहीं हुई, वरन् जब काफी रोशनी थी तब भी वह किताब वहां इसी तरह पड़ी हुई थी। वस्तुत: उस दिन के बाद वह काम पर भी नहीं जा रहा है, यहां तक कि घर से भी बाहर नहीं निकलता है। इन कई दिनों में उसके मन में केवल एक ही बात बार-बार आई है कि एक के निकट वह बिल्कुल अस्पृश्य हो गया है! घृणा और अपवित्रता इतनी दूर तक पहुंच गई कि उसे छूने से ही एक आदमी को मुख से पान थूकने की आवश्यकता पड़ती हैं!

सहसा उसका सोचना रुक गया। दरवाजे के पास कुछ आहट सुनकर उसने आंखें उधर फेरकर पूछा–"कौन हैं वहां?"

"मैं हूं, संध्या!" कहती संध्या दरवाजा खोल चौखट पकड़कर खड़ी हो गई।

अरुण घबड़ाकर पांव समेटकर उठ खड़ा हुआ और बड़े आश्चर्य-भरे स्वर में पूछा–"तुम यहां? और ऐसे समय! अन्दर आकर बैठो।"

संध्या बोली–"मेरे पास बैठने का समय नहीं है। मैं तालाब में शरीर धोने आई थी, तुम्हारे पास छिपकर आ गई हूं। हमारी एक बात रखेंगे अरुण भैया?"

अरुण और भी विस्मित होकर बोला–"बात! तुम लोगों की? अवश्य रखूंगा संध्या!"

"सो तो मैं जानती हूं।" कहकर संध्या थोड़ी देर चुप रहकर बोली–"बाबूजी से मालूम हुआ कि इधर कई दिनों से तुम काम पर नहीं जा रहे हो, घर से बाहर भी नहीं निकलते; क्यों सुनूं तो?"

"मेरी तबीयत अच्छी नहीं हैं।"

संध्या ने कहा–"अच्छी न रहना कोई आश्चर्य की बात नहीं है, किन्तु वह बात तो नहीं है। वह बात होती तो बाबूजी सबसे पहले वही कहते।"

अरुण चुप रहा। संध्या स्वयं भी कुछ देर तक चुप रहकर फिर बोली–"कारण मैं जानती हूं अरुण भैया, फिर भी मेरे घर अब तुम कभी न जाना!"

अरुण ने धीरे-धीरे गर्दन हिलाकर कहा–"नहीं, केवल तुम्हारे ही घर की बात नहीं, इस गांव को ही छोड़ ऐसी जगह जाने की सोचता हूं जहां बिना दोष ही मनुष्य मनुष्य को इतना हीन, इतना लांछित न करता हो! यही बात मैं दिन-रात सोचता हूं।"

संध्या ने मुंह उठाकर कहा–"जन्मभूमि छोड़कर चले जाओगे?"

अरुण बोला–"जन्मभूमि ही तो मुझे छोड़ रही है संध्या। आज तुम्हारे निकट भी मैं इतना अपवित्र हो गया कि तुम्हें भी मुख का पान थूक देना पड़ा! ऐसी घृणा को सहते हुए भी क्या तुम मुझे गांव में रहने को कहती हो?"

संध्या निरुत्तर सिर नीचा किए खड़ी रही। अरुण ने कहा–"आचार के नाम पर यह चिरागत संस्कार तुम लोगों के मन को शायद स्पर्श तक नहीं करता, किन्तु जहां करता है वहां मनुष्य के हाथ से मनुष्य की यह लांछना मनुष्य को इस वेदना से कितनी दूर तक बींध सकती है, इस बात का मुझे ही एक दिन इस तरह अनुभव करना पड़ेगा, इसकी मैंने स्वप्न में भी कल्पना न की थी संध्या!"

संध्या कुछ देर चुप रहकर बोली–"किन्तु इस लांछना को क्या तुम स्वयं ही खींच नहीं लाए अरुण भैया?"

अरुण ने कहा–"क्या पता! अच्छा संध्या, क्या तुम बता सकती हो कि प्रायश्चित करने पर इसका कोई उपाय हो सकता है?"

संध्या बोली–"हो सकता है, किन्तु एक दिन आत्मसम्मान नष्ट होने के भय से तुम इसके लिए राजी नहीं हुए थे–अब यदि स्वयं ही आज उसका विसर्जन करने जा रहे हो तो मैं कहती हूं अरुण भैया, कि तुम चाहे जो करो परन्तु यहां न रहना!"

अरुण ने कहा–"किन्तु तुम्हारी घृणा कहीं भी मुझे टिकने न देगी!"

"किन्तु इससे तुम्हारा क्या हानि–लाभ है?"

अरुण ने कहा–"संध्या! इस बात का तुम अपने मुख से उच्चारण कर सकीं!"

संध्या बोली–"तुमने मेरी लज्जा, मेरे संकोच का पर्दा तक न रहने दिया अरुण भैया ! आभास से, इशारे से तुम्हें कितनी बार जताया कि वैसा किसी तरह नहीं हो सकता किन्तु तब भी तुम्हारी भिक्षा की जबरदस्ती किसी प्रकार रुकना ही नहीं चाहती ! बाबूजी राजी हो सकते हैं, मां भी भूल जा सकती हैं, किन्तु मैं तो भूल नहीं सकती कि मैं कितने बड़े ब्राह्मण की लड़की हूं !"

अरुण विस्मय से हतबुद्धि होकर बोला–"और मैं ?"

संध्या बोली–"तुम भी मेरी ही जाति के हो–फिर भी शेर और बिल्ली एक तो नहीं हैं अरुण भैया ?" किन्तु बात कहकर वह मन-ही-मन सिहर उठी।

अरुण ने कोई बात नहीं कही, केवल उसके मुंह से अपनी विस्मित, व्यथित दोनों आंखें हटा ली।

संध्या ने जोर लगाकर हंसने की चेष्टा करते हुए कहा–"तुम चाहे जहां चले जाओ अरुण भैया, किन्तु मुझे सहज ही भूल न सकोगे; बहुत दिनों तक तुम्हारे मन में बनी रहूंगी; बार-बार तुम्हारा इतना अपमान किसी ने नहीं किया !"

अरुण ने मुंह उठाकर पूछा–"तुम जिस लिए आई थीं उसे तो अभी तक कहा नहीं।"

संध्या जवाब में जरा हंस दी। फिर कुछ चुप रहकर बोली–"पृथिवी पर आश्चर्य की कोई सीमा नहीं है !" उसके बाद कुछ कहते-कहते सहसा रुककर बोली–"मेरी बात तुम न रखोगे तो पृथिवी पर और कोई उसे रखने वाला नहीं है, इस बात का विश्वास तुम्हें होता हैं अरुण भैया ?"

अरुण केवल चुपचाप देखता रहा।

संध्या ने कहा–"एककौड़ी दूले की विधवा स्त्री और लड़की को एककौड़ी के बाप ने घर से निकाल दिया है, किन्तु मेरे बाबूजी उन्हें ले आए और मैंने उनको आश्रय दिया।"

"कहां ?"

"हम लोगों की जो पुरानी गोशाला है उसमें। किन्तु ब्राह्मण मुहल्ले के बीच वे रह नहीं सकते।"

अरुण ने विस्मयापन्न होकर जिज्ञासा की–"क्यों ?"

संध्या बोली–"क्यों क्या ! वे दूले जो हैं ! वे हमारे तालाब-घाट से पीने का पानी लेती हैं, रास्ते पर बकरी को मांड पिलाती हैं–गोलोक बाबा का कहीं गलती

से पांव न पड़ जाए! मां ने प्रतिज्ञा की है कि कल सवेरे ही उन्हें झाड़ू मारकर निकाल देंगी तभी स्नान करेंगी। तुम उन्हें जगह दे दो, अरुण भैया! उनके कुछ भी नहीं है; वे एकदम निराश्रय हैं।"

अरुण ने कहा–"ठीक तो है, किन्तु स्थान कहां दूं?"

संध्या बोली–"यह मैं नहीं जानती, जहां भी हो सके। तुम्हारे सिवा मैं और किसके पास जाकर कहूं!"

अरुण ने कुछ देर सोचकर कहा–"मेरा उड़िया माली घर चला गया है–उसकी कोठरी में क्या वे रह सकेंगी? न होगा, तो थोड़ी-बहुत मरम्मत करा दूंगा।"

संध्या मुंह उठाकर कोई बात न कह सकी, केवल मुंह नीचा किए हुए हाथ हिलाकर अपनी सहमति दे दी।

अरुण ने कहा–"तब उन्हें भेज देना। माली के लौटने पर उसके लिए कुछ और व्यवस्था कर दूंगा।"

संध्या इसका भी कुछ जवाब न दे सकी। उसी प्रकार आंखें नीची किए खड़ी रही। जान पड़ता था कि अपने को संभालने की चेष्टा कर रही है। इसके बाद धीरे-धीरे बोली–"इस समय मेरे मुंह में पान भी नहीं है; शरीर धो-पोंछकर आई हूं: इस समय जरा प्रणाम करके तुम्हारी चरणधूलि लिये जाती हूं!" इतना कहकर उसने घुटने टेककर नमस्कार किया और उसकी चरणधूलि सिर से लगाकर जल्दी-जल्दी पांव रखती हुई चली गई।

अरुण उसे वापस बुलाने या और कुछ पूछने की चेष्टा भी न कर सका, केवल उस ओर देखता हुआ स्तब्ध बैठा रहा।

7

शायद दो दिन बाद की बात है, जगद्धात्री तालाब में नहाकर घर लौट रही थीं कि रास्ते में रासमणि से भेंट हो गईं। उनका मुंह और आंखें उत्तेजना और आग्रह की प्रबलता से रुआंसी-सी हो रही थीं। पास आते ही गद्‌गद स्वर में बोल उठी–"जग्गो, बेटी मेरी, तेरी पगली बेटी मे अन्ततः कौन ऐसी तपस्या की थी? यह तो स्वप्न के भी बाहर की बात है।"

जगद्धात्री की समझ में कुछ न आया, किन्तु उनके मुख से लड़की का नाम सुनते ही मन-ही-मन डर गईं। सिर उठाकर पूछा–"क्या हुआ है मौसी? सन्ध्या ने क्या किया है?"

रासमणि बोली–"जो किया है उसे पृथ्वी पर और किस लड़की ने किया है! जा, भीगे कपड़ों और भीगे बालों से श्रीधर को साष्टांग नमस्कार कर आ। पंचानन और विशालाक्षी के स्थान पर पूजा चढ़वा दे। पर मुझे बेटी, इष्टकवच गले में धारण करने के लिए सोने की एक पतली गोट बनवा देनी पड़ेगी, यह मैं पहले से ही कहे देती हूं!"

जगद्धात्री ने व्याकुल होकर कहा–"हुआ क्या है मौसी? साफ-साफ कहे बिना मैं। समझूंगी भला कैसे?"

रासमणि ने जरा हंसकर कहा–"साफ-साफ कहना होगा? तो कहती हूं। तुम मां-बेटी ने बड़ा पुण्य किया है, नहीं तो यह बात कभी नहीं हो सकती थी। चिन्ता में मरी जा रही थी कि लड़की का ब्याह कैसे होगा; अब जा एकदम राजा की सास बनकर बैठ!"

बात सुनकर जगद्धात्री की दोनों आंखें कपार पर चढ़ गईं। और वे देखती ही रह गईं।

रासमणि ने दयार्द्र स्वर में कहा–"तेरा अकेले का दोष नहीं जग्गो, सुनकर मैं भी इसी तरह ठक-सी रह गई थी, लगा था जैसे नींद में कोई सपना देख रही हूं!"

जगद्धात्री ने कहा—"मौसी, साफ-साफ बताओ, क्या हुआ है ? आकाश-पाप्ताल की सोचते-सोचते मैं तो मरी जा रही हूं।"

तब रासमणि ने जगद्धात्री का बायां हाथ अपनी मुट्‌ठी में लेकर और कान के पास मुंह ले जाकर कानाफूसी करते हुए कहा—"बेटी, बात गुप्त रखना; मारे खुशी के अभी सब पर प्रकट न कर देना, नहीं तो कोई भांजी मार देगा। मुझे छोड़ चटर्जी भैया और किसी आदमी पर विश्वास नहीं करते; सो उन्होंने सवेरे ही बुलाकर मुझसे कहा—रासू, जगद्धात्री को खबर कर दे जाकर। उसे अपनी कन्या के लिए और चिन्ता करने की जरूरत नहीं—मेरे हाथ उसे सौंपकर राजा की सास बनकर पांव पर पांव रख घर बैठी रहे। मन में सोचा—मेरी बैकुण्ठपुरी भी तो सूनी भांय-भांय कर रही है—लड़के का भी ठीक विकास नहीं हो रहा है... हो जाए तो एक काम में दो काम हों ! एक ब्राह्मण की कुलरक्षा भी हो जाएगी और गांव की लड़की गांव में ही रह जाएगी। उनके भी वही एक लड़की तो है..."

किन्तु वह अपनी बात राजा की भावी सास के मुंह की ओर देखकर समाप्त न कर सकीं। सुनते-सुनते जगद्धात्री जैसे बिलकुल ही काठ हो गई हों।

रासमणि घबराकर बोल उठीं—"क्या हुआ री जग्गो ?"

जगद्धात्री ने अपने को संभालकर एक उसांस छोड़ते हुए कहा—"नहीं मौसी, गोलोक मामा तुमसे मजाक करते होंगे !"

"मजाक कैसा री ? इतनी उम्र हुई, मजाक किसे कहते हैं, क्या मैं जानती नहीं ? फिर भाई-बहन में कैसा मजाक !"

जगद्धात्री ने कहा—"मजाक तो है ही मौसी ! ऐसा भी क्या हो सकता है ?"

रासमणि जरा हंसकर बोलीं—"सो सच है बेटी—मुझे भी पहले ऐसा ही लगा था ! मन में हुआ कि कहीं सपना तो नहीं देख रही हूं, किन्तु बाद में समझ में आया कि नहीं, जग रही हूं। लड़की का भाग्य जो था ! नहीं तो कुलीन लड़की का ऐसा भाग्य, किसी ने कभी देखा या सुना है ? आशीर्वाद देती हूं कि जन्म—भर अहिवाती होकर रहे, किन्तु जा, जो—जो बताया है, आज ही करना बेटी ! और यह बात पांच कानों तक न जाए। पहले अच्छी तरह आशीर्वाद (पक्की सगाई) हो जाने दे।"

जगद्धात्री अवाक् खड़ी रहीं।

रासमणि ने फिर कहा—"इसी अगहन के बाद ही एक साल तक मंगलकार्य वर्जित रहेगा। मेरे चटर्जी भैया की इच्छा..." इतना कहकर वे जरा

मुस्कराकर बोली–"और हो भी क्यों न ! लड़की भी तो बिलकुल लक्ष्मी की प्रतिमा है। देखने से मुनियों का मन भी डोल जाता है, वे तो गोलोक चटर्जी ही हैं !" कहकर हास्यपूर्वक जगद्धात्री की बांह दबाती हुई बोलीं–"जाओ बेटी, भीगे कपड़े में और खड़ी न रहो–मैं भी जाती हूं, देर हो गई–उस समय फिर आऊंगी, बहुत बातें करनी हैं !"

इतना कहकर और समय नष्ट न करके वे चली गईं।

जगद्धात्री मानो अपने को ठेलते-ठेलते किसी तरह घर तक पहुंचीं और ठाकुरवाड़ी के बरामदे में जलपूर्ण कलश को धप से रखकर भीगे कपड़ों में वहीं बैठ गईं। बैठते ही उनकी दोनों आंखें गरम-गरम आंसुओं से भर गईं।

वही उनकी एकमात्र सन्तान है। उनकी बड़ी दुलारी सन्ध्या रूप और गुणों में सचमुच ही लक्ष्मी की प्रतिमा है ! उसी प्रतिमा के विसर्जन का आह्वान आया है गोलोक चटर्जी के नरक-कुण्ड से ! जो गोलोक कन्या के बाप की अपेक्षा भी उम्र में बड़े हैं, उनके हाथ में उसे देने से तो उसकी मृत्यु हो जाए, यही अच्छा है।–यह बात उनकी छाती में अग्निशिखा की भांति जलने लगी, किन्तु मुख से 'नहीं' शब्द भी वे उच्चारण न कर पाईं। वे स्वयं भी तो कुलीन ब्राह्मण की बेटी ठहरीं-समाज एवं परिवार में यह कोई विचित्र बात नहीं-इससे भी अधिक दुर्गति उन्होंने अपनी आंखों देखी है। इसलिए अपनी लड़की की बात याद करके, कलेजे में धू-धू आग जलने पर भी, इसे असम्भव कहकर दूर बहा देने योग्य एक बूंद जल किसी ओर से देखने-खोजने पर भी उन्हें नहीं मिला। अकेले बैठकर चुपचाप केवल आंसू बहाने लगीं और उनके मन में बैठने लगा कि भविष्य में शीघ्र ही एक दिन यह बात सत्य हो जाएगी; शायद इस बीभत्स मनुष्य की दुर्जय वासना को रोकने का कोई उपाय खोजने पर भी उन्हें न मिलेगा। तब उस सकौतुक रहस्य से भरी बात उनके मन में बार-बार आकर घुमड़ने लगी। उसमें इतना जहर छिपा हुआ था, उस समय इसका सन्देह कौन कर सकता था !

सदर दरवाजे से होकर सन्ध्या एक चिट्ठी पढ़ते-पढ़ते एक-एक पांव रखती अन्दर आई। पढ़ते रहने पर भी शायद चिट्ठी अभी खत्म न हुई थी। उसने किसी ओर देखे बिना ही पुकारा–"मां, मां री ?"

जगद्धात्री ने झटपट दोनों आंखें पोंछकर जवाब दिया–"क्या है, बेटी !"

मां के गले की भारी आवाज से चौंककर संध्या ने मुंह उठाकर देखा,

धीरे-धीरे पास आकर पूछा–"क्या हुआ हैं मां ?"

जगद्धात्री ने कन्या को तीक्ष्ण दृष्टि से मुंह फिराकर कहा–"कुछ भी तो नहीं हुआ बेटी !"

संध्या ने और पास आकर अपने आंचल से प्यार के साथ मां के आंसू पोंछ दिए। फिर करुण कण्ठ से पूछा–"बाबूजी ने आज कुछ और कर डाला है मां ?"

जगद्धात्री ने इतना ही कहा–"नहीं।"

लड़की को उनका विश्वास नहीं हुआ। धीरे-धीरे जननी के पास बैठकर कहा–"संसार में सब बातें मनुष्य के मन के अनुसार नहीं होती मां ! सभी तो मेरे बाबूजी को पागल महाराज कहकर पुकारते हैं, तुम भी उन्हें ऐसा ही क्यों नहीं समझ लेतीं ?"

जगद्धात्री ने कहा–"वे लोग वैसा समझ सकते हैं; इसमें उनका कोई नकुसान नहीं है–किन्तु मेरी तरह तो किसी को आग में जलना–मरना नहीं पड़ता संध्या !"

यह आग कैसी है और उसके लिए कहां किसको कैसी यन्त्रणा भोगनी पड़ती है, यह बात न कभी पहले न आज संध्या की समझ में आ सकी। इसलिए अपने निरीह, निर्विरोधी, परदुःखकातर अल्प-बुद्धि पिता के दुःख में उसका चित्त स्नेह एवं समवेदना से परिपूर्ण हो उठा और दोनों आंखें छलछला उठीं। बोली–"मां, यदि मेरा वश चलता तो मैं बाबूजी को लेकर वन-जंगल, पहाड़-पर्वत कहीं भी चली जाती जहां कि पृथ्वी के किसी को उनके लिए ज्वाला सहनी न पड़ती !"

जगद्धात्री ने अपनी कन्या की ठुड्डी पर जल्दी से हाथ लगाकर चुम्बन लिया और स्नेहपूर्वक बोलीं–"क्या कहती है ! किन्तु मैं तो जैसी तेरी सौतेली मां हूँ ! उनको तू जितना चाहती हैं यदि उसका आधा भी मुझे प्यार करती संध्या !"

संध्या ने कहा–"तुम्हें क्या मैं प्यार नहीं करती मां ?"

मां बोली–"किन्तु उनके लिए तो मानो तेरे सारे प्राण पड़े हैं–उनके पांव में कंकरी भी न पीने लगे, ऐसा है तेरे मन का भाव ! तू अच्छी तरह से जानती है कि उनकी दवा में कुछ होता नहीं, फिर भी तू प्राण देने बैठी है, किन्तु और किसी की दवा न खाएगी, इसलिए कि उन्हें लज्जित न होना पड़े। यह सब क्या मैं समझती नहीं संध्या ?"

संध्या ने दोनों हाथ मां के गले में डालकर हंसते हुए कहा–"हां, वह तो है

ही। बाबूजी जैसा डाक्टर क्या और कहीं है?"

मां बोलीं–"नहीं, यह बात तो सच है।"

संध्या गुस्सा करती हुई बोली–"जाओ, तुम्हें हंसी न करनी पड़ेगी। कहीं मनुष्य की बीमारी एक दिन में अच्छी हो जाती है? मैं पहले से तो बहुत अच्छी हूं।" इतना कहकर उस प्रसंग को दबाकर बोली–"दूले की बहू चली गई, म जान बची!"

"कब गई?"

"क्या पता! जान पड़ता है, सुबह ही उठकर चली गई।"

उसकी बनावटी उदासीनता मां को भुलावे में न डाल सकी। उन्होंने प्रश्न किया–"जानती है, कहां गई है?"

संध्या ने उसी प्रकार बात बनाकर कहा–"शायद अरुण भैया के उसी पिछवाड़े वाले बाग में। उनके उड़िया माली की एक टूटी-फूटी कोठरी थी न? जान पड़ता है, उसी में गई है।"

जगद्धात्री ने जिज्ञासा की–"किसने उसे अरुण के पास भिजवाया है? शायद तूने?"

संध्या मन-ही-मन विपत्तिग्रस्त होकर किसी प्रकार सीधे झूठ को बचाती हुई बोली–"मां! मैं क्यों उन्हें अरुण भैया के पास भेजने लगी! मैंने किसी को किसी के पास नहीं भेजा।"

इतना कहकर इस अत्यन्त श्रीहीन प्रसंग को झटपट दूर हटाकर हाथ की चिट्ठी सामने रखकर बोली–"मां, असली बात तो अभी तक तुमसे कहने को रह ही गई! हमारी संन्यासिनी दादी ने इस बार काशी से सचमुच आने की बात लिखी है। वे तो कभी झूठ बोलती नहीं मां। इस बार जान पड़ता है, हम पर उनकी दया हुई है।"

जगद्धात्री ने उत्सुक होकर पूछा–"मां की चिट्ठी है? कब आने को लिखा है?"

उनकी काशीवासिनी संन्यासिनी सास काशी छोड़कर एक दिन के लिए भी कहीं जाना नहीं चाहती। इस बार जगद्धात्री ने उन्हें बहुत तरह से विनती करके लिखा था कि अपनी एकमात्र पौत्री के विवाह के अवसर पर उन्हें न केवल उपस्थित होना पड़ेगा वरन् कन्यादान भी करना होगा। सास कन्यादान करने के

लिए तो किसी प्रकार राजी नहीं हुई किन्तु जवाब दिया है कि समय पर उपस्थित होंगी।

अपने विवाह की बात से लज्जित होकर संध्या बोली–"अपनी चिट्ठी का जवाब तुम्हीं पढ़ो न मां!" इतना कहकर कागज मां के पास रखकर और सहसा व्यग्र होकर बोली–"अरी मां, तू तो अभी तक भीगे कपड़े पहने ही बैठी है–जाऊं, तुम्हारे सूखे कपड़े ले आऊं!" इतना कहकर तेज चाल से बह चली गई।

जगद्धात्री चिट्ठी को माथे से लगाकर बोलीं–"मां! बहू पर इतने समय बाद क्या सचमुच तुम्हारी दया हुई है, मां।" इतना कहकर उठकर वह धीरे-धीरे ठाकुरबाड़ी की ओर जाने का उद्योग कर ही रही थीं कि अकस्मात् उनके पति बहुत शोरगुल करते हुए घर के अन्दर आए। वे कह रहे थे–"दो दिन से गया नहीं, दो दिन से देखा नहीं कि बस हाइपोकोंड्रिया डेवलप कर गया!"

स्वामी के साथ जगद्धात्री की ज्यादा बातचीत नहीं होती थी किन्तु उनकी अत्यधिक घबराहट और विशेषतः बारह बजे के पहले ही बाज अकस्मात् घर लौट आने के कारण उनको मन-ही-मन कुछ विस्मय हुआ। मुंह उठाकर थके स्वर में पूछा–"किसे क्या हुआ?"

प्रिय बाबू ने कहा–"अरुण को! ठीक हाइपोकोंड्रिया है! मैं जो डाइग्नोज करता हूं उसे काटने की शक्ति किसके बाबा में है! बुलाओ, विपिन बतलाबे इसके मानी!"

दूसरा वक्त होता तो शायद जगद्धात्री दूसरी बात न करती किन्तु अरुण का नाम सुनकर वे कुछ उद्विग्न हो गईं। पूछा–"क्या हुआ है अरुण को?"

प्रिय बाबू ने कहा–"यही तो अभी बताया है। जब विपिन ही नहीं समझ सकता तो तुम क्या समझोगी! आखिर वह कुछ-न-कुछ प्रैक्टिस-वैक्टिस तो करता ही है। सामान बांधा जा रहा है; घरबाड़ी, जमीन-जायदाद सब बेच देगा-हारान कुंड को खबर दी जा चुकी है। वह तो भाग्य से मैं वहां पहुंच गया! जिस तरफ न जाऊं, जिस तरफ एक दिन नजर न डालूं, वहीं एक अघट घटना घट जाती है। इस तरह तो मेरा प्राण नहीं बचेगा। संध्या! तू कहां चली गई? जल्दी से 'मेटेरिया मेडिका' ले तो आ बेटी, एक रेमेडी सिलेक्ट करके उसे खिला आऊं।"

"आई बाबूजी!" कहकर एक मोटी पुस्तक हाथ में लिये हुए संध्या आकर पास में खड़ी हो गई।

जगद्धात्री ने गुस्सा होकर कहा–"तुम्हारे पांव पड़ती हूं, साफ खोलकर बताओ न कि अरुण को क्या हुआ है!"

प्रिय बाबू चौंक उठे। उसके बाद बोले–"अहा, हाइपो-मानसिक व्याधि! आजकल के अन्दर ही वह देश छोड़कर चला जाना चाहता है–हारान कुण्डू को सब कुछ बेच-बाचकर। यह नहीं हो सकेगा–नहीं होगा, वह सब मैं नहीं होने दूंगा। एक खुराक दो सौ की..."

संध्या अपना पीला चेहरा लिये, सिर नीचा किए चुप खड़ी रही; जगद्धात्री व्याकुल कण्ठ से बोल उठी–"घर-बार बेचकर चला जाएगा अरुण? वह क्या पागल हो गया है?"

प्रिय बाबू ने अपना हाथ सामने उठाकर कहा–"नहीं, यह बात नहीं है! यह बात नहीं है! बिल्कुल हाइपोकोंड्रिया! पागल नहीं है–उसे तो इनसेनिटी कहते हैं। उसकी दवा दूसरी है। विपिन होता तो यही कह देता, किन्तु..."

जगद्धात्री ने कनखियों से एक बार लड़की के मुंह की ओर देख लिया और स्वामी की अनर्गल वक्तृता को दृढ़ कण्ठ से रोककर बड़े ही स्पष्ट स्वर में बोलीं–"तुम्हारी अपनी बातें सुनने का मुझे समय नहीं है! अरुण क्या देश छोड़कर चला जाना चाहता है?"

प्रिय बाबू ने कहा–"चला जाना चाहता हैं? सब कुछ ठीक-ठाक हो चुका है। सिर्फ मैं जाकर..."

"फिर मैं? अरुण कब जाएगा?"

प्रिय बाबू घबरा गए। बोले–"कब? आज भी जा सकता है, कल भी जा सकता है, सिर्फ हारान कुण्डू नालायक...।"

जगद्धात्री ने पूछा–"हारान कुण्डू ने सब कुछ खरीदना स्वीकार कर लिया है?"

प्रिय बाबू बोले–"निश्चय, निश्चय। वह बदमाश तो यह चाहता ही है। पानी के मोल पाने पर..."

जगद्धात्री ने फिर प्रश्न किया–"यह बात गांव का और कोई आदमी जानता हैं?"

प्रिय बाबू ने कहा–"कोई नहीं, चिड़िया भी नहीं! केवल मैं वहां भाग्य से..."

जगद्धात्री ने कहा–"तुम्हारे भाग्य की बात जानने की साध मुझे नहीं हैं! तुम

सिर्फ एक बार उसे बुला दे सकते हो? कहना, तुम्हारी काकी अभी तुम्हें बहुत जरूरी काम से बुला रही हैं।"

संध्या ने अभी तक एक बात भी नहीं कही थी, चुपचाप खड़ी सुन-भर रही थी। अब उसने आंखें उठाकर देखा। उसका मुंह बिल्कुल पीला पड़ गया है, और बात करने में उसके होंठ कांप रहे हैं, किन्तु उसके बाद ही वह दृढ़ कण्ठ से बोल उठती है–"मां, तुम क्यों बार-बार उनका अपमान करना चाहती हो? तुम्हारा उन्होंने ऐसा क्या अपराध किया है, बताओ!"

जगद्धात्री ने अत्यन्त आश्चर्याभिभूत होकर कहा–"कौन उसका अपमान करना चाहता है संध्या?"

संध्या बोली–"नहीं, तुम हर्गिज उन्हें इस मकान में नहीं बुला सकती!"

जगद्धात्री ने कहा–"बुलाकर दो अच्छी बातें करने में क्या दोष हैं!"

संध्या बोली–"भला हो, चाहे बुरा हो, वे जहां हों वहां रहें, घर बेच दें या न बेचें, हमारे साथ उनका क्या सम्बन्ध है कि तुम उन्हें कहने जाओगी! यदि तुम उन्हें बुलाकर इस घर में लाई मां, तो मैं तुम्हें कहे देती हूं कि उस तालाब में जाकर डूब मरूंगी!" कहते-कहते वह तेजी से चली गई; मा के प्रत्युत्तर के लिए जरा भी प्रतीक्षा नहीं की।

दु:सह आश्चर्य से दोनों आंखें फैलाकर जगद्धात्री वहीं खड़ी रह गईं। केवल प्रिय बाबू चीत्कार करके बोलने लगे–"अरे किताब तो दिए जाती संध्या! बहुत देर हो गई, एक रिमेडी तो सिलेक्ट कर (चुन) लेता।"

संध्या ने लौट आकर हाथ की किताब पिता के चरणों के पास रख दी और चली गई और प्रिय बाबू ने वहीं बैठकर दवा का चुनाव करने में अपना ध्यान लगाया।

जगद्धात्री ने कुछ देर तक चुपचाप वैसी ही खड़ी रहने के बाद पति को लक्ष्य कर कहा–"तुमने क्या यही ठीक कर लिया है कि लड़की का विवाह न करोगे?"

प्रिय बाबू ने अपना काम करते हुए कहा–"करूंगा क्यों नहीं, जरूर करूंगा!"

"कब करोगे? जब कुछ हो जाएगा तब करोगे क्या?"

"हूं।"

जगद्धात्री ने क्षण-भर युप रहकर कहा–"रसिकपुर जाओ न, एक बार!"

प्रिय बाबू ने पुस्तक के खुले पन्ने में एक स्थान पर अंगुली दबा ली, फिर मुंह उठाकर देखा और बोले–"रसिकपुर ? किसे क्या हुआ ? कोई खबर दे गया ? कब दे गया ?"

जगद्धात्री एक उसांस फेंककर बोलीं–"जयराम मुखर्जी के नाती के साथ इसके ब्याह की कुछ बात हुई थी; जाओ न, एक बार जाकर लड़के को देख ही न आओ !"

प्रिय बाबू ने कहा–"किन्तु जाऊं कब ? देखा तो, एक जून भी न रहने पर क्या-क्या काण्ड हो जाता है ! अरुण की यह दशा है, और चटर्जी महोदय के यहां से खबर आई है कि उनकी साली बुरी तरह बीमार है।"

जगद्धात्री ने जरा विस्मित होकर पूछा–"कौन ? ज्ञानदा बीमार है ? अब उसे क्या हो गया ?"

प्रिय बाबू बोले–"अम्ल ! अम्ल ! खानपान–दोष से अजीर्ण रोग हो गया है। मतली आती है। अरुण के यहां से होकर वहां जाकर एक खुराक..."

जगद्धात्री बोलीं–"उनके पास दवा देने के लिए बहुत आदमी हैं ! तुम्हारे पैर पड़ती हूं, एक बार जाओ रसिकपुर ! लड़के को एक बार देख आकर जैसे हो लड़की का कुछ उपाय करो।"

गृहिणी के अश्रुविकृत कण्ठ-स्वर ने, जान पड़ता है, प्रिय बाबू को कुछ प्रकृतिस्थ कर दिया। वे बोले–"किन्तु सुनता हूं लड़का बड़ा आवारा है, केवल नशे..."

जगद्धात्री और धैर्य न रख सकी। सहसा रो पड़ी और बोलीं–"करने दो नशा, होने दो आवारा, लड़की दो-चार दिन सिंदूर तो लगा सकेगी ! तुम और क्या थे ? तुम्हारे हाथ हमारे मां-बाप ने यदि अपनी लड़की दी तो तुम्हीं वैसा क्यों न कर सकोगे ?"

इतना कहकर वे आंचल से आंखें पोंछते-पोंछते तेजी के साथ चली गईं।

प्रिय बाबू अवाक् होकर क्षण-भर देखते रहे, फिर किताब मोड़कर लम्बी सांस छोड़कर बोले–"दो-दो सांघातिक रोगी हाथ में हैं–पर ऐसी झंझट के बीच क्या रेमिडी सिलेक्ट की जा सकती है !" इतना कहकर फिर एक उसांस फेंककर और किताब बगल में दवाकर धीरे-धीरे बाहर हो गए।

8

स्नान, पूजा-संध्या और यथायोग्य सात्त्विक जलपान आदि समाप्त कर मूर्तिमान ब्रह्मण्य की भांति गोलोक चट्टोपाध्याय महाशय धीरे-धीरे नीचे उतरे और शायद सीधे बाहर ही जा रहे थे कि मन में कोई ऐसी बात आ गई कि पास के बरामदे में से घूमकर भण्डारगृह के सामने आ उपस्थित हुए और अत्यन्त आकस्मिक उद्वेग से भरकर बोल उठे–"अरे, यह सब क्या हो रहा है छोटी मालकिन? बीमार शरीर से गृहस्थी के खटराग न करोगी तो क्या नुकसान हो जाएगा? मैं कह रहा हूं न! अच्छा, देह पहले है कि काम पहले?"

ज्ञानदा हंसिया से तरकारी काट रही थी; वह उसी तरह काटती रही। न उनकी काठ की खड़ाऊं की विकट खटपट के शब्द उसके कानों तक पहुंचे और न उनका उत्कण्ठा से भरा हुआ वह अनुरोध ही उसने सुना।

गोलोक थोड़ी देर चुप खड़े रहकर बोले–"बात क्या है? आज सुबह कैसी तबीयत थी?"

ज्ञानदा ने मुंह नहीं उठाया, हाथ के बैंगन की ओर ही आंखें लगाए हुए गर्दन हिलाकर प्रकट किया–ठीक।

गोलोक खूब आश्वस्त हो गए। बोले–"ठीक, ठीक! जानता हूं न, प्रिय भले हो सनकी-पागल, किन्तु ओषधि देने में तो मानो धन्वतरी है। किन्तु जैसे-जैसे वह बतावे, उसी हिसाब से टाइम पर दवा लेते जाना। लापरवाही नहीं चलेगी, मैं कहे जाता हूं।"

ज्ञानदा ने इतनी बातों का कोई जवाब नहीं दिया; सिर झुकाए अपना काम करती रही।

गोलोक कुछ देर तक उसकी ओर देखते खड़े रहे, फिर बोले–"प्रिय को अच्छी तरह से कह दिया है, कि दोनों समय आकर देख जाया करे। सुबह आया था न?"

ज्ञानदा ने उसी प्रकार मुंह झुकाए हुए सिर हिलाकर जताया–"हां।"

गोलोक खुश होकर बोले–"आएगा क्यों नहीं ! आएगा क्यों नहीं ! वह हमारा बड़ा भक्त हैं। किन्त नौकरानी ससुरी कहां गई ? वह आकर दवा दे जाएगा और तुम इधर खट-खट कर अपना शरीर बिगाड़ती रहोगी, यह सब मैं नहीं होने दूंगा। पूछता हूं, सब कहां चले गए ? यह सब पड़ा रहने दो। जाओ, ऊपर जाकर जरा विश्राम करो। मधुसूदन ! तुम्हारा ही भरोसा है !" इतना कहकर गोलोक पराया और अपना, लौकिक एवं पारलौकिक दोनों कर्तव्य, फिलहाल, पूरा करके बाहर की ओर चला।

उनको खड़ाऊं की खटपट से चौंककर इतनी देर बाद ज्ञानदा ने मुंह उठाकर देखा। उसके मुंह पर उस दिन की वह प्रसन्न हंसी आज नहीं है; आज वह चिन्ता और विषाद के बादलों से घिर गया है। दोनों आंखें लाल हैं; पलकों के किनारें आंसुओं के चिह्न अब तक विद्यमान हैं। वह सजल दृष्टि गोलोक के मुंह पर स्थिर करके अकस्मात् गाढ़ स्वर में पूछा–"तुम क्या प्रिय बाबू की लड़की सन्ध्या से ब्याह करना चाहते हो ? मुझे धोखा मत दो। सच-सच बता दो।"

गोलोक घवड़ा जाने के कारण सहसा कोई जवाब न दे सके; किन्तु थोड़ी देर में ही बोल उठे–"मैं ? संध्या को ? ना: ! किसने कहा ?"

ज्ञानदा बोली–"चाहे कोई कहे ! रासू दीदी को तुमने उसकी मां के पास भेजा था ? अगहन में ही सब कुछ होना ठीक हो गया है ? भगवान की दुहाई है, सच्ची बात बोल दो।"

गोलोक ने अस्फुट तर्जन के साथ डांटते हुए कहा–"रासू बाम्हनी कह गई है ? अच्छा, देखता हूं उसे ! मैं..."

ज्ञानदा बोल उठी–"तब क्यों तुममे मेरा यह सर्वनाश किया ? अब मुझे मुंह दिखाने, खड़ा होने को कहीं जगह नहीं रह गई !" कहते-कहते उसका विकृत कण्ठ कलेजा फाड़ देने वाले रोदन से एकाएक सहस्र धाराओं में फट पड़ा।

गोलोक व्याकुल हो उठे। चारों ओर सभय देखते हुए हाथ उठाकर दबे गले से बोलने लगे, "...अहा हा ! कर क्या रही हो ! कर क्या रही हो ! लोग सुन लेंगे ! झूठ...झूठ...झूठी बात है ! हंसी में..."

ज्ञानदा रोते-रोते बोली–"नहीं, हंसी हर्गिज नहीं है–हर्गिज झूठ नहीं है ! यह सत्य हैं ! तुम सब कर सकते हो ! कोई भी काम तुम्हारे लिए असाध्य नहीं है !"

"नहीं–नहीं, कहता हूं न कि मजाक है–हंसी है, नतिनी है न ! अरे, चुप हो जाओ ! नौकर-नौकरानियां आ जाएंगे।" कहते-कहते गोलोक खट-खट करते भाग खड़े हुए।

ज्ञानदा के हाथ का बैंगन हाथ में ही रह गया। वह मुंह में आंचल ठूंसकर उठते हुए रोने को जी-जान से रोकने लगी।

घर की दासी ने हांफते-हांफते आकर बताया–"मौसीजी, दासी को साथ लिए नानाजी तो स्वयं ही यहां आ पहुंचे !"

ज्ञानदा झटपट आंखों से आंसू पोंछकर जिज्ञासा-भरे मुख से उसकी ओर देखने लगी। उसकी उस अश्रुपूर्ण व्यथित दृष्टि के सामने दासी विस्मय और लज्जा के साथ बोली–"तुम्हारे यहां की उस पुरानी दासी को साथ लेकर तुम्हारे ससुर महाशय आए हैं मौसीजी ! क्या हुआ है जी ?"

खबर सुनकर ज्ञानदा के मुख पर से सारा खून जैसे लुप्त हो गया। सामने मौत को खड़ी देखकर भी शायद मनुष्य इतना पीला न पड़ता होगा।

दासी ने डरकर कहा–"क्या हुआ है मौसीजी ?"

ज्ञानदा ने इसका भी उत्तर नहीं दिया, केवल विह्वल शून्य दृष्टि से देखती रही।

दासी ने फिर कहा–"क्या तुम्हारी तबीयत खराब है मौसीजी ?"

इतनी देर के बाद ज्ञानदा ने सिर हिलाकर कहा–"हां, बाबूजी कब आए हैं, काली ?"

दासी ने कहा–"यह तो मैं नहीं जानती मौसीजी। इतना ही देखा कि वे आंगन में खड़े बाबू के साथ बातें कर रहे थे।"

ज्ञानदा ने विस्मित होकर पूछा–"बाबू के साथ ?"

दासी ने कहा–"हां, मैं बाहर से आ रही थी, बाबू ने पुकारकर कहा–काली, अपनी मौसीजी को खबर दे आ कि उनके ससुर साहब उन्हें लेने आए हैं।–ओ मां ! वे तो स्वयं ही आ रहे हैं।" इतना कहकर नौकरानी कुछ दूर हटकर खड़ी हो गई। दसरे ही क्षण लाठी के शब्द से मालूम हुआ कि जिनकी वह लाठी है वे उस पर रास्ता चलते समय आंख की अपेक्षा ज्यादा निर्भर करते हैं।

दूसरे ही क्षण एक मध्यवयसी स्त्री के पीछे-पीछे एक वृद्ध व्यक्ति लाठी से रास्ते का अन्दाज लगाते हुए आ पहुंचे और पुकारकर बोले–"मेरी बेटी कहा है ?"

ज्ञानदा ने उठ आकर, आंचल गले में बांधकर, उनके चरणों में प्रणाम किया। फिर उठकर खड़ी हो गई। बूढ़े ने पहचान न पाने पर भी चेहरा देख लिया। आशीर्वाद देते-देते वे रोकर बोले–"बूढ़े–बूढ़ी को इस तरह तू कैसे भुला बैठी है बेटी !"

जो स्त्री साथ में आई थी उसने सिर टेककर प्रणाम किया। फिर बोली– "यह सत्य है बहू दीदी। बूढ़ी सास मर रही है–उसके मुंह में बस यही रट है कि मेरी बहू को ला दो, मेरी बहू को बुला दो ! उन्हें इतने दिन कैसे भूली रहीं, बताओ तो !"

ज्ञानदा ने इस अभियोग का कोई जवाब न दिया। केवल एक हाथ से आंसू पोंछते-पोंछते दूसरे हाथ से वृद्ध ससुर का हाथ पकड़कर बरामदे में ले गई और अपने हाथ से आसन बिछाकर उन्हें बैठा दिया। फिर चुपचाप सिर नीचा करके खड़ी हो गई।

वृद्ध आसन पर बैठकर बोलने लगे–"चटर्जी महोदय को दो-दो चिट्ठियां भेजीं किन्तु मुझे एक का भी जवाब न मिला। मन में सोचा-बड़े आदमी हैं, उनको बहुत-से काम रहते हैं; हो सकता है कि मेरे जैसे गरीब को उत्तर देने की बात उनके मन में न आती हो। किन्तु मेरी बेटी तो इसी दुखिया के घर की लक्ष्मी है..."

जो दासी साथ आई थी वह अधूरी बात के बीच में ही बोल उठी–"भले हों बहनोई बड़े आदमी, किन्तु इसीलिए घर की बहू को कोई इतने दिन पराए घर में थोड़े ही पड़े रहने देगा ! उसे जाने भी दें तो जिनकी सेवा करने आई थीं वे बहन भी जब मर गई हैं तो मैं कहती हूं..."

वृद्ध बाधा देकर बोले–"रहने दे सदू, वे सब बातें ! बहूरानी ! तुम्हारी सास बहुत बीमार है। आज अच्छा दिन देखकर ही उन्होंने भेज दिया कि मेरी बहू को एक बार..."

सदू बोली–"बहू दीदी, जान पड़ता है तुम्हारे ही लिए उनके प्राण अटके हुए हैं। आज कितने दिनों से वे यही कहती हैं-सदू, जा, मेरी बेटी को लेकर चली आ ! ले आकर एक बार तो मुझे दिखा दे !" कहते-कहते सदू का गला करुणा से आर्द्र हो उठा।

वृद्ध ने कहा–"चटर्जी महाशय को मेरी दोनों चिट्टियां नहीं मिलीं, यह तो हम

लोगों को मालूम था नहीं। हम लोग तो वहां अनेक प्रकार की चिन्ताएं करते थे। बड़े भले आदमी हैं-साधु पुरुष हैं। सुनते ही बोले–'भला इसमें क्या है! आपकी बहू, आप ले जाएंगे, उसमें बाधा कौन देगा!'–पालकी-कहार के लिए कह दिया। तुम्हारी सास की बीमारी की बात सुनकर दुःख प्रकट करके बार-बार कहने लगे–'हमारी बड़ी विपत्ति के समय आप लोगों ने ज्ञानदा को भेज दिया तो अब आपकी विपत्ति के समय संसार में ऐसा पाखण्डी कौन है कि उसे भेजने से इनकार करे। तुरन्त ले जाइए, मैं सब बन्दोबस्त किए देता हूं।"

ज्ञानदा अभी तक बिलकुल चुप खड़ी थी, अब अकस्मात् उसका मुंह पीला पड़ गया और वह बोली–"चटर्जी महाशय ने यह बात कही है? इसी समय भेजेंगे? आज ही?"

सौदामिनी ने खुश होकर कहा–"हां, कहा क्यों नहीं! बल्कि यह भी कहा कि खा-पीकर बाहर निकल पड़ने से तीन बजे की गाड़ी पकड़कर अनायास ही कल सुबह घर पहुंच जाएंगे। इसके सिवा जब घर में मृत-प्राय रोगी पड़ा है तब क्या एक दिन की भी देर की जा सकती है, बहुजी? अहा! बूढ़ी सास केवल तुम्हारी ही राह देखते हुए जी रही हैं!"

ज्ञानदा ने यंत्रचालित पुतली की भांति वही अपनी पहले कही हुई बात को दोहरा दिया। बोली–"उन्होंने कहा है कि भेज देंगे? आज ही?"

वृद्ध ने सिर हिलाकर कहा–"हां बेटी, आज ही। रुकने का तो अवसर है नहीं।"

किन्तु सौदामिनी खीझ उठी थी और उसके कण्ठस्वर से यह छिपा भी नहीं रहा। उसने कहा–"जरा इनकी बात सुनो! सास मर रही है; जिसके घर की बहू हो वे खुद लेने आए हैं, फिर भला कौन नहीं भेजेगा! यह बात जाने दें, तो भी यहां रुकना ही किसलिए है? अच्छा, तुम अपने बहनाई से ही पुछवा लो कि वे भेज रहे हैं न बहू दीदी!"

किन्तु पुछवाना पड़ा ही नहीं। जान पड़ता है, पास ही कहीं वे इंतजार कर रहे थे, खट-खट करते आ उपस्थित हुए। मुख के भाव से परेशानी टपक रही थी। वृद्ध को लक्ष्य करके बोले–"नहीं मुखोपाध्याय महाशय, बैठकर गप्प हांकने से काम नहीं चलेगा! समय हुआ जा रहा है; स्नान-पूजा करके भोजनादि के बाद जरा विश्राम करते ही निकलने का समय हो जाएगा। फिर अशुभ साइत आ जाएगी।

कैसी बात करते हैं ! भेजने में आपत्ति ! भले हमें कुछ कष्ट ही होगा, किन्तु उसकी क्या बात हैं, सासजी जब इस तरह बीमार हैं। मुझे तो हजारों झंझटें हैं, जरा भी फुर्सत नहीं, नहीं तो मैं खुद जाकर ज्ञानदा को पहुंचा आता। चिट्ठी क्या एक भी मुझे मिली ! वैसा होता तो क्या फिर आपको इतना कष्ट करके आने की जरूरत पड़ती ? पियन (डाकिया) साले सब नालायक हैं ! अरे, काली कहां गई ? भोलू से न हो कह दे, यहीं तम्बाकू भरकर दे जाएगा ! नहीं मुखोपाध्यायजी, अब देरी न कीजिए; उठिए। ज्ञानदा, चटपट करो-उधर तीन बजे की गाड़ी भी तो पकड़नी चाहिए। आ:-अभी भी चोंगदार बाहर बैठा है। गृहिणी के स्वर्गीय हो जाने के बाद मन कुछ ऐसा हो गया है कि किसी काम में लगता ही नहीं। मधुसूदन ! तुम्हारा ही भरोसा है !" कहते-कहते गोलोक चट्टोपाध्याय महाशय जिस रास्ते से आए थे, सारे घर को अपने खड़-खड़ के कठोर शब्द से मुखरित करते उसी रास्ते से बाहर चले गए।

ज्ञानदा ने एक भी बात का जवाब नहीं दिया-केवल उसी ओर देखती हुई पत्थर की तरह सख्त होकर खड़ी रही।

भोला ने आकर कहा–"मौसीजी, बच्चा बाबू नहाने के लिए रो रहे हैं। क्या उन्हें नदी ले जाऊं ?"

ज्ञानदा उसी प्रकार निश्चल निस्तब्ध रही; जान पड़ा मानो नौकर की बात उसके कान में ही नहीं पड़ी।

वृद्ध ससुर धीरे-धीरे उठकर खड़े हो गए, फिर बोले–"बेटी, मैं बाहर जाता हूं तुम तैयार हो जाओ।"

सदू ने कहा–"आज मेरी षष्टी है बहू दीदी, मैं इस समय भात न खाऊंगी, कह देना।"

ज्ञानदा सहसा घूमकर खड़ी हो गई और बोली–"बाबूजी, मैं नहीं जाऊंगी।"

वृद्ध चौंक उठे, बोले–"न जाओगी ? क्यों बेटी आज तो दिन अच्छा है।"

सौदामिनी षष्ठी का फलाहार भूलकर साथ ही बोल उठी–"हम लोग तो महाचार्यजी से दिन-मुहूत सब दिखलवाकर घर से निकले हैं, बहूजी !"

ज्ञानदा ने सिर्फ इतना कहा–"नहीं बाबूजी, मैं न जा सकूंगी !"

गोलोक का दस साल का लड़का दौड़कर आया और उसकी देह पर

पड़कर बोला–"मौसी, तुम कह दो न मौसी, मैं नदी में जाकर नहा आऊं-नहीं मैं जाऊंगा..."

ज्ञानदा ने किसी से कुछ कहा नहीं केवल उस दुर्दान्त लड़के को बलपूर्वक छाती से चिपकाकर फूट-फूटकर रोने लगी।

9

उसके बाद ज्ञानदा ने उस कमरे के कपाट जो बन्द किए तो फिर खोले ही नहीं। बूढ़े और अंधे ससुर सारी दोपहरी विमूढ़ एवं बुद्धि-भ्रष्ट की भांति चुपचाप बैठे रहने के बाद धीरे-धीरे घर के बाहर चले गए। साथ में सौदामिनी भी गई। इस अप्रत्याशित घटना का कोई कारण उसे भी समझ में नहीं आया, किन्तु वह ठहरी औरत जात-इस प्रकार चुपचाप लौट जाना उसे सहन न हुआ। जाने के पहले वह ज्ञानदा के बंद दरवाजे के बाहर खड़ी होकर जो बातें सुना गई वे न तो सुन्दर थीं, न मधुर। किन्तु किसी बात का कोई भी जवाब ज्ञानदा ने नहीं दिया-यहां तक कि अपने रोने की कोई आवाज तक उसने बाहर नहीं निकलने दी। बचपन में ही विधवा हो जाने के दिन से जिस सास ने उसे छाती से लगाकर और पाल-पोसकर इतना बड़ा किया था, जिसने एक दिन भी उसे कोई दुःख नहीं दिया, उसका दम आज केवल उसे ही देखने के लिए निकल नहीं रहा है, और उसके अशक्त, अंधे ससुर खाली हाथ, विफल-मनोरथ, लौटे जा रहे हैं यह कैसी बात है, और किस प्रकार वह यह व्यथा अपने बंद कमरे में अकेली बैठी सह रही है, इसे केवल ईश्वर ही देख रहे हैं। बाहर उसका कोई भी साक्षी नहीं रह गया।

वृद्ध के जाने के समय गोलोक ने उनसे भेंट की, विनयपूर्वक राह-खर्च आदि देना चाहा तथा ज्ञानदा के न जाने पर उनका विस्मय और वेदना वृद्ध की अपेक्षा भी आगे बढ़ गई।

गोलोक ने बाहर की बैठक में आकर देखा, मृत्युञ्जय भट्टाचार्य बैठे हुए हैं। मृत्युञ्जय ने खड़े होकर नमस्कार किया। गोलोक ने उसके उत्तर में नमस्कार भी नहीं किया; जरा गर्दन हिलाकर बोले–"तुम्हें बुलवा भेजा था बेटाजी !"

मृत्युञ्जय ने कहा–"जी, सुनते ही मुंह में दो कौर भात डालकर दौड़ा चला आ रहा हूं।"

गोलोक ने कहा–"सो तो आ ही रहे हो। घटक (सगाई लगाने वाले) का

काम तो करते हो, परन्तु तुम्हें देश की भी खबर रहती है? हां, तुम्हारे बाबा रामतारण शिरोमणि जरूर एक घटक थे। सारा समाज उनके नख-दर्पण में दिखाई पड़ता था!"

मृत्युञ्जय ने कहा–"जी, मेरा अपराध क्या है? वह सब क्या औरतों का काम है? कुछ भी हो, किन्तु जग्गो ब्रह्मानी की लड़की की स्पर्धा तो देखिए चटर्जी महाराज! रासू बुआ के मुंह से सब सुनने के बाद हम सब तो क्रोध में जल रहे हैं!"

गोलोक ने बड़ा आश्चर्यान्वित होकर कहा–"क्या, क्या? बात क्या है, जरा बताओ तो।"

"आपने क्या कुछ सुना नहीं?"

"नहीं-नहीं, कुछ नहीं। हुआ क्या है?"

मृत्युञ्जय ने कहा–"आपका भी घर सूना है, और लड़की का भी अभी तक ब्याह नहीं हो सका। सुना, आपने ही दया करके दो फूल डालकर ब्राह्मण के कुल की रक्षा करनी चाही थी, सो छोकरी ने बड़े ताव से सबके सामने कह दिया–मुझे तो वह बात जबान से निकालने में भी कठिनाई हो रही है–कि घाट के मुर्दे के गले में फटे जूतों की माला पहना दूंगी उस दुड्ढे से ब्याह नहीं करूंगी! और शायद उसके मां-बाप भी उसे शह दे रहे थे!"

मारे गुस्से के गोलोक की आंखें और मुंह लाल हो गया, किन्तु क्षणभर में ही उन्होंने अपने को संभाल लिया-हा:-हा:-हाः करके हंस उठे और बोले–"ऐसा कहा है? छोकरी है तो मुंहफट!"

क्रुद्ध मृत्युञ्जय ने कहा–"हो मुंहफट, किन्तु इससे क्या आपके प्रति उसे ऐसी बात करनी चाहिए! वह जानती नहीं कि आपके पांव में माला चढ़ाकर वह अपनी छप्पन पीढ़ियों का उद्धार कर सकती है! आप कहते क्या हैं।"

गोलोक ने शान्त भाव और हंसते मुंह से कहा–"बच्चे हैं, बच्चे! इससे उन पर क्रोध नहीं करना चाहिए, मृत्युञ्जय! मेरी मर्यादा वह क्या जाने! उसे तुम लोग जानते हो, दस गांव के आदमी जानते हैं।"

मृत्युञ्जय ने स्वर को जरा शान्त करके पूछा–"तो क्या यह सत्य नहीं है? तब क्या आपने रासू बुआ को..."

गोलोक बोले–"राधामाधव! तुम भी पागल हुए हो बेटाजी! जिसकी ऐसी

गृहलक्ष्मी चली गई हो वह क्या दुबारा..." कहकर सहसा प्रबल निःश्वास फेंककर कहा–"मधुसूदन! तुम्हारा ही भरोसा है!"

उनके भक्तिगद्गद उच्छ्वास के प्रत्युत्तर में मृत्युञ्जय क्या कहे, यह सोच न सकने के कारण वह उनकी ओर देखता-भर रह गया।

गोलोक, कुछदेर बाद, उदासी-भरे स्वर में बोले–"खाक-धूल भी तो याद नहीं रहता और लोग तो दिन-रात खाए डालते हैं;–उसकी रक्षा करो, अमुक के कुल का उद्धार करो–मुझे तो तुम जानते हो कि सदा से ही मैं अनमना उदास आदमी हूं–हो सकता है कि मन की भूल में किसी को कुछ कह ही दिया हो। मधुसूदन! तुम्हारा ही भरोसा है! तुम्ही हमारी गति हो, तुम्हीं हमारी मुक्ति हो!"

घटक मृत्युञ्जय के हाथ सूत्र लग गया। सविनय बोला–"जी, यदि ऐसा है तो हमें प्राणकृष्ण मुकर्जी की लड़की को आपके चरणों में समर्पित करना ही पड़ेगा। ब्राह्मण गरीब है, लड़की की उम्र भी 13-14 हो गई है, किन्तु गुण में जैसी लक्ष्मी है, वैसी ही रूपवती भी है!"

गोलोक ने कहा–"तुम पागल हुए हो मृत्युञ्जय? हमें यह सब क्या शोभा देता है या अच्छा लगता है! हां तो, लड़की क्या इतने ही अर्से में चौदह साल की हो गई? सुना है, खूब बाढ़ पर है!"

मृत्युञ्जय ने उत्साहित होकर कहा–"जी हां–खूब-खूब! इसके आलावा वह जितनी शान्त है, उतनी ही सुन्दरी भी है।"

गोलोक मीठी-मीठी हंसी हंसकर बोले–"हूं! मेरे लिए फिर सुन्दरी?"

"मेरे लिए फिर सुरूपा?–मेरे लिए, जिसने लक्ष्मी की प्रतिमा खो दी है, मधुसूदन! किसी का भी दुःख सहा नहीं जाता-सुनने से दुःख ही होता है। जब तुम तेरह-चौदह कह रहे हो तो वह पन्द्रह-सोलह की तो होगी ही! तब तो ब्राह्मण बड़ी विपत्ति में है, क्यों?"

मृत्युञ्जय ने सिर हिलाकर कहा–"इसमें क्या सन्देह है!"

गोलोक ने कहा–"समझता सब हूं मृत्युञ्जय! कुलीन की कुलरक्षा कुलीन का ही काम है। न करने से पाप होता है। किन्तु एक तो शोक, उस पर शरीर–उम्र भी तो पचास के आसपास पहुंच चुकी है। किन्तु कैसा स्वभाव है मेरा कि दूसरे की विपदा की बात सुनते ही प्राण जैसे रो उठते हैं–मैं इनकार नहीं कर पाता!"

मृत्युञ्जय बार-बार सिर हिलाने लगा। गोलोक फिर एक लम्बी सांस छोड़कर कहने लगे–"इस स्वाभाव-कुलीन के गांव में समाजपति बनना कैसी झकमारी काम है इसे मैं ही जानता हूं। किसे खाना नहीं मिल रहा है, किसे पहनने को कपड़े नहीं हैं, किसकी दवा-दारू नहीं हो पा रही है–यह सब तो हैं ही, उसके ऊपर यह सब जुल्म होगा तो मैं जीवित न बचूंगा, मृत्युञ्जय! प्राणकृष्ण गरीब है–फिर लड़की काफी सयानी हो गई है, न? वह चौदह की नहीं, किसी तरह पंद्रह-सोलह से कम न होगी। अच्छा, तो न हो प्राणकृष्ण से कह देना एक बार मुझसे मिल ले..."

मृत्युञ्जय ने व्यग्र होकर कहा–"आज ही, जाते ही भेज दूंगा, बल्कि न होगा तो साथ ही ले आऊंगा।"

गोलोक ने उदासी-भरे स्वर में कहा–"ले आना। किन्तु तुमने मुझे बड़ी विपत्ति में डाल दिया मृत्युञ्जय! गरीब ब्राह्मण की इस विपदा में 'नहीं' कैसे करूंगा! मधुसूदन! त्वया हषीकेश हदिस्थितेन! जो कराओगे वही करना होगा। हम तो निमित्त-मात्र हैं।"

मृत्युञ्जय चुप हो बैठा रहा।

गोलोक को हठात् मानो कोई बात याद आ गई। बोले–"हां, देखो। तुम्हें जिस काम के लिए बुलवाया था वह तो अब तक कहा ही नहीं। कहता हूं, यह महीना बड़ी खींचा-तानी, बड़ी तंगी में चल रहा है, तुम्हारे सूद के रुपये..."

मत्युञ्जय ने करुण स्वर में कहा–"इस महीने में यदि दया कर दें..."

गोलोक ने कहा–"अच्छा-अच्छा, वही होगा। मैं कष्ट देकर एक पैसा भी लेना नहीं चाहता। किन्तु बेटाजी, तुमको भी मेरा एक काम करना पड़ेगा।"

मृत्युञ्जय ने खुश होकर कहा–"जी, आज्ञा कीजिए।"

गोलोक बोले–"सनातन हिन्दू धर्म को बचाते और समाज की रक्षा करते हुए चलना कोई साधारण जिम्मेदारी नहीं है, मृत्युञ्जय! वह महत् भार जिसके सिर पर पड़ता है उसे सब तरफ आंख-कान खोलकर रखना पड़ता है। सुना था, प्रिय मुखर्जी की मां के सम्बन्ध में एक बार कुछ गोलमाल मचा था। वह खबर तुम्हें उसके गांव जाकर बड़े गोपनीय ढंग से एकत्र करके लानी पड़ेगी। इस मामले में तुम्हारे दादा शिरोमणि महाशय बड़े पक्के थे–बीस–तीस गांवों की नाड़ी की खबर तो उनकी जबान पर रहती थी। मैंने दस साल तक भूपति चटर्जी का हुक्का–नाई

बन्द कर दिया था, अन्त में बेटा को बाप-बाप कहकर छिन्न-भिन्न हो गांव छोडकर भाग जाना पड़ा था। यह सब मैंने तुम्हारे दादा की सहायता के बल पर ही किया था। किन्तु तुम लोग अपने दादा की कीर्ति सुरक्षित न रख सके, यह बात मुझे कहनी ही पड़ेगी!"

मृत्युञ्जय को अपने पूर्वपुरुष की तुलना में अपनी हीनता का अनुभव कर बड़ी लज्जा हुई। बोला–"चट्टोपाध्याय महाशय, आप देखिए तो, मैं एक ही हफ्ते के अन्दर उनके पेट से निकालकर खबर लाता हूं या नहीं!"

गोलोक उत्साह देकर बोले–"वह तुम कर सकोगे, कर सकोगे। आखिर कितने बड़े वंश के लड़के हो! किन्तु देखो बेटाजी, इस बात की दूसरों को कानोंकान खबर न लगे–बात तुम्हारे-हमारे बीच गुप्त रहे। समाज की मान-मर्यादा की रक्षा करने में कितनी ही प्रकार की विवेचना करनी पड़ती है। तो देखो, केवल सूद ही नहीं, तुम्हारे असल रुपयों को छोड़ देने के बारे में भी मैं विचार करूंगा। तुम कष्ट में हो, यह बात यदि पहले ही बता देते..."

मृत्युञ्जय पुलकित होकर उठ खड़ा हुआ और कहा–"जी–जी, मैं आपके चरणों में तो पड़ा ही हूं। मैं कल ही इसकी खोज में जाऊंगा।" कहकर वह जाने को तैयार हो गया।

गोलोक ने जीभ काटकर कहा–"ऐसी बात मुख पर भी न लाना बेटाजी! मैं तो निमित्त-मात्र हूं–उनके श्रीचरण में कीटानुकीट की नाई पड़ा हुआ हूं।" यह कहकर उन्होंने ऊपर की ओर आंख बंद करके और हाथ जोड़कर नमस्कार किया।

मृत्युञ्जय जा रहा था; अनमने गोलोक ने सहसा कहा–"और देखो! प्राणकृष्ण को एक बार भेजना न भूलना। ब्राह्मण की विपत्ति की बात सुनने-मात्र से प्राण रो-रो उठते हैं। नारायण! तुम्हारा ही भरोसा है!"

10

प्रसिद्ध जयराम मुकर्जी के दौहित्र श्रीमान् वीरचंद्र बनर्जी के साथ संध्या का विवाह स्थिर हो गया है। कल ही वरपक्ष के लोग आशीर्वाद करने आएंगे। उसी के लिए घर-भर में उद्योग-आयोजन चल रहे हैं। अगहन का अन्त होते-होते ब्याह है। उन्हीं दिनों साइत है; उसके बाद लम्बा व्यवधान आ जाता है। इसी सिलसिले में बहुत वर्षों के बाद बड़े अनुनय-विनय के बाद सास काशी से आई हैं। संध्या के बाद भण्डारगृह के बाहर बैठी दीये की रोशनी में जगद्धात्री मिठाई बना रही हैं और उनसे कुछ ही दूर पर कंबल के आसन पर बैठकर वृद्धा सास कालितारा माला जप रही हैं। शीत का आभास होने लगा है। इसलिए उनके शरीर पर गेरुआ रंग की एक लोई पड़ी हुई है। उसी रंग में रंगा वस्त्र पहने हुए हैं। पुत्रवधू की ओर देखकर उन्होंने शान्त स्वर में पूछा–"ब्याह को अब दस ही दिन तो रह गए हैं न बहू?"

जगद्धात्री ने मुंह उठाकर देखा, बोलीं–"दस दिन भी कहां हैं मां! आज से लेकर बस नौ दिन रह गए। काम किसी तरह हो जाए तो जान बचे। इस जले देश में जब तक कोई काम पूरा न हो जाए, उसका भरोसा नहीं!"

सास ने किंचित् हंसकर कहा–"सब स्थानों में ही यह भय है बेटी, केवल तुम्हारे ही गांव में नहीं! किन्तु इसमें अब आसा-भरोसा की क्या बात है बहू, जबकि ऐसी लक्ष्मी की प्रतिमा-सी लड़की को पानी में फेंक रही हो?"

जगद्धात्री चुप होकर काम करने लगीं; उन्होंने उत्तर नहीं दिया।

सास बोलीं–"प्रिय से मैंने सब सुन लिया है। आज सुबह स्नान करने जा रही थी तब रास्ते में अरुण को भी देखा। ऐसा सोने के चांद जैसा लड़का तुमको पसन्द नहीं आया बहू?"

जगद्धात्री इस बात से कुछ प्रसन्न न हुईं; बोलीं–"किन्तु केवल पसन्द ही तो सब कुछ नहीं है मां!"

सास बोलीं–"नहीं है, यह मानती हूं। किन्तु लौटकर जब मैंने संध्या से

उसकी बात कही तो उसके भाव से थोड़ा-थोड़ा जो कुछ मैं समझ सकी उससे मारे दुःख के छाती फटने लगी! अरी बहू, मां होकर भी क्या यह बात तुम्हारी आंखों में नहीं पड़ी?"

आंखों में तो उनकी बहुत दिनों पहले पड़ी थी किन्तु उसे मान लेना उनके लिए बिलकुल असंभव था। इसलिए वे डरती हुई इधर-उधर देखकर दबे गले से बोलीं—"यह काम-काज का घर है, यदि कोई आ पड़ा तो सुन लेगा, मां!"

सास ने और कुछ नहीं कहा, किन्तु जगद्धात्री अपने कण्ठ-स्वर की रूक्षता से स्वयं ही लज्जित होकर धीरे-धीरे बोलीं—"अच्छा मां, तुम कैसे यह बात कहती हो? इतने बड़े कुल की मर्यादा भंग कर तुम लोगों के सामने कैसे मुंह दिखाती, भला बताओ तो! इसके अलावा उसकी तो जाति भी नहीं रही। जिन्होंने उसकी तरफ से तुम्हारे निकट वकालत की है उन्होंने क्या यह बात भी तुम्हें बताई है?"

जगद्धात्री ने मन में सोचा था कि इसके बाद किसी को और कुछ बोलने को बाकी न रहेगा किन्तु सास ने गर्दन हिलाकर कहा—"बताई क्यों नहीं! किन्तु उसका कुछ गया नहीं बहू, सब कुछ सुरक्षित है। मैं केवल उसकी विद्या-बुद्धि के लिए ही नहीं कर रही हूं। छोटी जाति की होने के कारण जिन दो अनाथ लड़कियों को तुमने अपने आश्रय से निकालकर बाहर किया था उन्हें भी उसने छाती से लगा लिया। उसकी जाति भगवान के वरदान से अमर हो गई है बहू, उसको अब मनुष्य नहीं मार सकेगा!"

जगद्धात्री मन-ही-मन कुपित होकर बोलीं—"अनाथ होने के ही कारण क्या डोम-दूले ब्राह्मण के घर में रहें मां? शास्त्र क्या यही कहते हैं?"

सास बोलीं—"शास्त्र क्या कहते हैं, यह तो मैं ठीक तरह से जानती नहीं बहू मां, किन्तु मेरी अपनी व्यथा कितनी है, उसे ठीक जानती हूं! मेरी कहानी किसी से कहने की नहीं है, किन्तु ऐसी व्यथा यदि तुम्हें होती तो तुम समझ सकती बहू, कि छोटी जाति कहकर मनुष्य की घृणा करने का दण्ड भगवान बराबर दे रहे हैं। यह जो कुल की मर्यादा है वह कितना बड़ा पाप है, कितने बड़े धोखे की टट्टी है, इसका पता यदि तुम्हें चल जाता तो अपनी ही बेटी को इस प्रकार बलि न दे सकती! जाति और कुल ही सत्ता हैं और दो प्राणियों के समस्त जीवन का सुख-दुःख क्या बिलकुल मिथ्या है बेटी?"

जगद्धात्री ने क्रुद्ध होकर कहा–"तो क्या इस झूठ को लेकर ही पृथ्वी चल रही है मां?"

सास ने एक मलिन हंसी हंसकर कहा–"पृथ्वी चलती नहीं है बहू, हां केवल हमारी जैसी अभिशप्त जाति के लोगों का काम, चलता है। तो मैं बाहर विदेश में रहती हूं, मेरी उम्र भी बहुत हुई, मैंने बहुत कुछ देखा है, बड़ा दुःख पाया है–मैं जानती हूं कि जिसे तुम वंश की मर्यादा कहती-समझती हो, वह यथार्थ में क्या है! किन्तु सब कहानी खोलकर तुमसे कह भी नहीं सकती, शायद तुम समझ भी नहीं सकोगी। तब भी मेरी यह बात अपने मन में रख लो बेटी, कि झूठ को चाहे जितनी भी मर्यादा देकर ऊंचा करके रखोगी, उसके बीच उतनी ही ग्लानि, उतना ही पंक और उतना ही अत्यचार जमा होता रहेगा; और यही हो रहा है!"

जगद्धात्री न जाने क्या उत्तर देने जा रही थीं किन्तु लड़की को आते देख चुप रह गईं। संध्या अपने बगीचे में अभी तक फूल-पौधों को पानी दे रही थी; घर में प्रवेश करके हाथ का लोटा आंगन के चबूतरे पर रखकर सामने आ खड़ी हुई और मां की ओर देखकर बोली–"यह क्या है मां? चंद्रपूली[1] है क्या?"

इतना कहकर फिर चट से दादी की ओर घूमकर बोली–"क्यों दादी, सबके घर लड्डू बनते हैं, हमारे यहां क्यों नहीं बने?"

कालितारा ने स्नेहपूर्वक कहा–"यह तो मैं नहीं जानती बिटिया!"

संध्या ने कहा–"वाह, जान पड़ता है तुमने अपनी सास से यह बात कभी नहीं पूछी!"

कालितारा बोलीं–"किस तरह पूछती बेटी, जिंदगी में कभी ससुराल का मुंह ही जो नहीं देखा!"

जगद्धात्री इसे जानती थी इसलिए वह लज्जित हो चुपचाप अपना काम करने लगीं। संध्या ने प्रश्न किया–"अच्छा दादी, तुम्हारी सब कितनी सौतें थीं? एक सौ? दो सौ? तीन सौ, चार सौ?"

दादी फिर हंस पड़ी। बोलीं–"ठीक नहीं जानती बेटी, परन्तु तुम जो कहती हो वह असम्भव भी नहीं है। मेरी शादी हुई थी आठ साल की उम्र में; उस समय

---

1. नारियल की बनी एक मिठाई।

भी उनके छियासी स्त्रियां थीं। उसके बाद भी उन्होंने अनेक विवाह किए किन्तु कुल कितनी स्त्रियां थीं, यह शायद वे खुद भी नहीं जानते थे। फिर मैं कैसे जान सकती हूं!"

संध्या बोली–"अहा, उनके पास लिखा तो होगा? दादी, यदि उस बही को लेकर रख लेतीं तो बाबूजी से कहकर उनका पता लगवाती कि वे सब अब कहां-कहां हैं! मेरे न जाने कितने ताऊ, कितने काका, कितने भाई-बहन अब भी जीवित होंगे! अहा, यदि उन सबको पहचान पाती!"

उसने फिर हंसकर प्रश्न किया–"अच्छा दादी, बाबा कभी-कदाच यदि आ जाते थे तो उन्हें कितने रुपये देने पड़ते थे? मोल-भाव में तुम्हारे साथ खूब झगड़ा भी हो जाता होगा–है न?"

जगद्धात्री गुस्सा कर उठीं। बोलीं–"यह पुरखई छोड़ और ठाकुरजी के भोग की तैयारी कर संध्या!"

दादी ने खुद हंसकर कहा–"तुम तो सब कुछ जानती हो बेटी, किंतु इतने पर भी तो तुम लोगों का मोह कटता नहीं!"

यह सब विरुद्ध आलोचना शुरू से ही जगद्धात्री को अच्छी न लग रही थी और मन-ही-मन वे खीझती भी जा रही थीं, इसलिए सास की बात के उत्तर में बोलीं–"उन दिनों की बात तो मैं जानती नहीं मां किन्तु अब न तो कोई इतने ब्याह ही करता है, न वैसे अत्याचार ही होते हैं। और कुछ लोग यदि किसी समय अन्याय करते भी रहे हों तो उसके लिए क्या कोई वंश के सम्मान का त्याग कर देगा मां? मेरे जीते-जी तो वह नहीं होने का मां!"

गृहस्वामिनी पुत्रवधू का उत्तप्त कण्ठस्वर सुनकर सासजी तो चुप हो गईं किन्तु संध्या व्यथित हो उठी; वह दादी के जरा और पास जाकर कोमल स्वर में पूछने लगी–"किन्तु दादी, वे लोग इतना अत्याचार क्यों करते थे? क्या उनमें माया-ममता नहीं होती थी?"

दादी ने संध्या का हाथ पकड़कर उसे अपनी बगल में खींच लिया और बोलीं–"माया–ममता कैसे होगी बेटी! एक रात के सिवा जिसके साथ जीवन में फिर कभी भेंट ही न होती हो उसके लिए क्या किसी के प्राण रो सकते हैं? और वह अत्याचार क्या आज रुक गया है? तुम्हारे ऊपर ही जो कुछ होने जा रहा है वह क्या किसी की अपेक्षा थोड़ा अत्याचार है बेटी!"

जगद्धात्री हाथ का काम छोड़कर अकस्मात् उठ खड़ी हुई और अत्यन्त कठोर स्वर में लड़की को लक्ष्य करके बोलीं–"तू ठाकुरवाड़ी को जाएगी या मैं ही सब काम-काज छोड़कर उठ जाऊं संध्या ?"

संध्या ने मां के मुंह की ओर देखा, किन्तु न कोई बात कही न उठने की ही चेष्टा की। धीरे-धीरे दादी से पूछा–"किन्तु जिस चीज का इतना सम्मान है और जो इतने दिनों से इस तरह चली आ रही है उसे क्या नष्ट होने देना अच्छा है दादी ?"

इस बार सास ने भी बहू की रूखी बात पर ज्यादा कान नहीं दिया और नतिनी के सवाल के जवाब में बोलीं–"कोई बात बहुत दिनों से चली आ रही है इसलिए तो वह अच्छी नहीं हो जाती बेटी, सम्मान-सहित होने पर भी नहीं। बीच-बीच में उसकी जांच करके उसकी विवेचना करके देखना ही चाहिए। जो ममतावश आंख बंद करके रहना चाहता है वही मरता है। मेरी सारी कहानी किसी से कहने की नहीं है बेटी, किन्तु इसके ही कारण जीवन-भर रात-दिन मुझे विष की ज्वाला भोगनी पड़ी है !" कहते-कहते उनका गला मानो भीतर की अव्यक्त यातना के मारे बन्द हो गया।

संध्या ने उनका हाथ धीरे से अपने हाथ में लेकर धीरे-धीरे कहा–"रहने दो दादी वे सब बातें !"

उन्होंने दूसरे हाथ से पोती को छाती के पास खींचकर चुपचाप अपने-आपको एक क्षण में संभाल लिया और उसके बाद सहज कण्ठ से धीरे-धीरे बोलने लगीं–"संध्या, किसी समय देश के राजा ने केवल गुण देखकर देश के ब्राह्मणों की कुलीनता की मर्यादा की श्रेणियां बना दी थी, किन्तु उसके बाद एक दिन ऐसा बुरा समय भी आ गया जब इस देश के राजा की आज्ञा से उन्हीं के वंशधरों को केवल दोषों की संख्या गिनकर ही मेलबद्ध किया गया। जिस सम्मान की प्रतिष्ठा ही त्रुटियों और अनाचारों पर हुई थी उसके भीतर के झूठ को यदि जानतीं बेटी, कि आज जिस चीज ने तुम लोगों को इस तरह मुग्ध कर रखा है वही सब कुछ नहीं हैं, तब छोटी जाति कहकर जिन दो डोम-दूलों को तुमने डांटकर निकाल दिया उनको छोटा कहने में लज्जा से तुम्हारा सिर झुक जाता !"

अब तो जगद्धात्री क्रोध एवं विरक्ति को अधिक न सहन कर सकीं और उठकर वहां से चली गईं किन्तु संध्या चुपचाप वहीं बैठी रही। उसके मन में

उथल-पुथल होने लगी कि उसकी सत्यवादिनी संन्यासिनी दादी अन्दर छिपा एक अत्यन्त लज्जा और व्यथा का इतिहास किसी तरह भी प्रकट नहीं कर पा रही हैं किन्तु उनकी छाती फटी जा रही हैं। सहसा उसके मन में यह बात आई कि बाबा के बहुविवाह के साथ इसका जैसे कोई घनिष्ठ सम्बन्ध है।

कुछ देर तक चुप रह कर उसने सलज्ज भाव से धीरे-धीरे पूछा–"दादी, क्या सचमुच ही हम लोगों के भीतर बहुत अधिक अनाचार घुस गया है ? जिसे लेकर हम इतना गर्व करते हैं उसका अधिकांश क्या खोखला है ?"

दादी ने कहा–"उसमें कितना खोखलापन है, इसे मुझसे ज्यादा कोई नहीं जानता !" किन्तु इतना कहते-कहते उनकी आंखों में जल भर आया; यह बात संध्या के अंधेरे में भी संध्या से छिपी न रही। उन्होंने हाथ से दोनों आंखें पोंछ डाली और फिर धीरे-धीरे बोलने लगीं–"किन्तु अब मैं बीच-बीच में क्या सोचा करती हूं, यह जानती है संध्या ? मनुष्य-मनुष्य के बीच यह जो भेदभाव की खाई है यह मनुष्य की बनाई हुई है, भगवान का नियम नहीं है। उनके प्रकाश्य मिलन के मुक्त सिंहद्वार पर मनुष्य जितना ही कांटे पर कांटा इकट्ठा करता जाता है, उतना ही गुप्त गह्वर में उसके अत्याचार के घेरे में अनाचार के सैकड़ों छिद्र होते जाते हैं। तब उनमें से होकर उनके बीच केवल पाप और आवर्जनाएं ही छिपे-छिपे प्रवेश करती हैं।"

इसके बाद कुछ देर तक दोनों चुपचाप स्थिर बैठी रहीं। संध्या के मन में निश्चय होने लगा कि इसके साथ जरूर उसके बाबा के बहुविवाह का कोई कुत्सित सम्बन्ध है, और कुछ न समझकर भी न जाने उसे कैसा एक भय-सा होने लगा।

दादी बोलीं–"जाओ बेटी, ठाकुरबाड़ी का काम पूरा कर डालो, नहीं तो तुम्हारी मां बड़ा गुस्सा करेंगी !"

संध्या ने अनमने भाव से उत्तर दिया–"अब वे स्वयं ही कर लेंगी।" इतना कहकर उसने दादी का एक हाथ पकड़कर कहा–"चलो न दादी, मेरे कमरे में चलकर उस जमाने की बातचीत करें।" इतना कहकर एक प्रकार से जबर्दस्ती खींचती हुई वह उन्हें अपने कमरे की ओर चल पड़ी।

11

रात अभी ज्यादा नहीं हुई है; लगता है एक पहर रात ही बीती होगी किन्तु जाड़े के दिन होने के कारण गांव में इसी समय सन्नाटा छा गया था। ज्ञानदा के सोने के कमरे में एक कोने पर मिट्टी का दीया टिमटिमा रहा था। कमरे के फर्श पर बैठी ज्ञानदा से थोड़ी ही दूर पर बैठी रासमणि हाथ-मुंह हिला-हिलाकर और समझा-समझाकर कह रही थीं–"बात मान ज्ञानदा, पागलपन मत कर! जो ओषधि दे गए हैं उसे पी ले। जैसे पहले था फिर सब कुछ वैसा ही हो जाएगा, कोई जान भी न पाएगा!"

ज्ञानदा अश्रुरुद्ध स्वर से बोल उठी–"तुम लोग ऐसी बात मुझसे कैसी कहती हो जीजी? पाप के ऊपर फिर इतना बड़ा पाप मैं कैसे करूंगी! मुझे नरक में भी जगह न मिलेगी!"

रासमणि ने भर्त्सना करते हुए कहा–"और इतने बड़े कुल के मुंह पर स्याही पोतकर शायद तुम स्वर्ग जाओगी, सोचो तो! जिसमें रफा-दफा हो वही कर ज्ञानदा–फसाद खड़ा करके इतने बड़े एक देशपूज्य आदमी का सिर नीचा न कर दे!"

ज्ञानदा हाथ जोड़कर रोती हुई बोली–"मैं वह दवा किसी तरह भी न पी सकूंगी-मुझे पता लग गया है कि तुम लोग मुझे विष देकर मार डालना चाहते हो!"

रासमणि ने अपना मुंह बुरी तरह बिचकाकर कहा–"तब यह क्यों नहीं कहती कि मरने के डर से नहीं खा रही है! झूठ ही धर्म-धर्म मत चिल्ला!"

ज्ञानदा ने कहा–"पर यह तो विष है!"

रासमणि बोलीं–"विष है तो तेरा क्या? तू तो मरती नहीं है!"

दम-भर में अपना तीक्ष्ण कण्ठस्वर कोमल और करुण करके बोलीं–"पगली और किसे कहते हैं! हम लोग क्या तुझे खराब चीज खाने को दे सकते हैं बहन? ऐसा क्या कभी हो सकता है! रासू बाम्हनी के लिए क्या ऐसी बात कोई कह सकता है? यह बात नहीं है बहन–भाग्यदोष से जो शत्रु तेरे पेट में जन्म ले चुका

है, उसी आफत-बला को हटा दे! अभी मामला ही कितनी देर का है! उसके बाद जैसे पहले थी वैसी ही रह-खा-पी, घूम-फिर, तीर्थ-धर्म, वार-व्रत कर। फिर यह बात कौन सुनेगा, कौन जान पाएगा!"

ज्ञानदा सिर नीचा किए स्थिर बैठी रही। रासमणि ने पूछा–"क्या लाने को कह दूं बहन?"

ज्ञानदा ने मुंह नहीं उठाया किन्तु रोते हुए बोली–"नहीं, मैं वह सब किसी तरह नहीं खाऊंगी–वैसा होगा तो फिर मैं हर्गिज नहीं बचूंगी!"

रासमणि भयानक क्रोध करके बोलीं–"यह तो तेरा बहुत बड़ा और दुनिया से जुदा अन्याय है ज्ञानदा! पीना नहीं चाहती तो जा यहां से! मर्द आदमी है, अब एक अकाज उन्होंने कर ही डाला तो औरत जात के इतनी जिद करने से तो काम नहीं चलता! चटर्जी भैया तो कहते हैं–जो होना था वह तो हो गया। हम उसे पचास रुपये देते हैं, वह काशी-वृन्दावन चली जाए। इसके बाद तो मैं उनको दोष नहीं दे सकती ज्ञानदा? रुपये भी तो कम नहीं हैं-मुट्ठी–भर हैं!"

ज्ञानदा ने कहा–"मैं रुपया नहीं चाहती जीजी! रुपया लेकर मैं क्या करूंगी! मैं तो किसी को कहीं जानती-पहचानती नहीं–मैं कैसे किसके पास जाकर यह मुंह ले खड़ी होऊंगी!"

रासमणि बोलीं–"अब यह तो तुम्हारा तंग करने का ढंग है ज्ञानदा! लोग बातचीत में कहते हैं–काशी–वृन्दावन! वहां इतने लोगों के लिए जगह है तब तुम्हारे ही लिए न होगी?"

ज्ञानदा क्षण-भर चुपचाप रहकर बोली–"रासू जीजी, मैं सब जानती हूं। कल उनका प्राणकृष्ण मुकर्जी की लड़की के साथ ब्याह होगा, यह भी जानती हूं। इसीलिए आज मुझे विष दिया जा रहा है, काशी भेजा जा रहा है–जिससे किसी तरह मैं घर से दूर हो जाऊं। किन्तु भगवान!..." कहते-कहते वह सहसा फफककर रो उठी। फिर दोनों हाथ जोड़कर कहने लगी–"भगवान! तुम्हारे चरणों में जब इतने लोगों को आश्रय मिलता है तब मुझे भी मिलेगा। किन्तु मैंने बचपन से कभी कोई पाप नहीं किया; शायद करना भी न पड़ता, किन्तु तुम तो सब जानते हो! इस दण्ड का समस्त बोझ क्या केवल निरुपाय समझकर मेरे ही माथे पर डाल दोगे?"

भगवान के नाम से रासमणि की विरक्ति की सीमा नहीं रह गई। उन्होंने धमकी देते हुए कहा–"तो जा मर! अरी, शाप क्यों देती हैं? बड़ी बच्ची है न! चोर

मरता है तो सात को लेकर, वही तू कर रही है। तुम बढ़ावा न देतीं तो मरद आदमी की हिम्मत कैसे पड़ती! इसमें उनका क्या दोष है! रास बाम्हनी से कोई भला बता तो दे कि ऐसा मर्द कौन है!"

इसका और क्या उत्तर है! ज्ञानदा चुपचाप आंचल से आंखें पोंछने लगी। रासमणि ने अपेक्षाकृत शान्त स्वर में कहा–"अच्छा, केवट-बहू की दवा पीने में अगर तुझे डर लगता है ज्ञानदा, तो प्रिय मुकर्जी का तो विश्वास है? न हो, वही कोई ऐसी दवा दे जाएगा..."

ज्ञानदा ने अवाक् होकर कहा–"वे देंगे?"

रासमणि ने कहा–"हूं! देंगे क्यों नहीं? चटर्जी भैया कहेंगे तो उसे देनी ही पड़ेगी। उसे खबर भिजवा दी गई है, आता ही होगा। किन्तु उस समय इनकार करने से ठीक न होगा, यह मैं कहे देती हूं!"

ज्ञानदा चुप होकर ताकती रही। रासमणि उत्साहजनक कुछ और बात कहने जा रही थीं किन्तु थोड़ी ही दूर पर आंगन में जूते का शब्द और मुकर्जी के गले की आवाज सुनाई पड़ गई।

"आः! यहां एक बत्ती भी क्यों नहीं रखी गई है? सब लोग कहां चले गए हैं?" कहते-कहते खट-खट करके वे कमरे में आ उपस्थित हुए। कांख में दबी हुई चार-पांच किताबें तख्त पर और हाथ का बक्स नीचे रखते हुए बोले–"आज कैसी हो ज्ञानदा? उंह! नहीं चलेगा, यह नहीं चलने का! देखता हूं, रेमिडी तो बदल देनी होगी। यह कौन? मौसी हैं! कब से हैं? सब अच्छा तो है? तुम्हारी नतिनी कल रास्ते में दिखाई पड़ी थी, उसका स्वास्थ्य तो कुछ अच्छा नहीं मालूम पड़ा। मरने की भी छुट्टी नहीं, आखिर कहां-कहां देखूं! जिधर न देखूं वहीं... कल लड़की का ब्याह है, मौसी! कल सबेरे ही पहुंचना होगा। लड़की का ब्याह हैं, इसलिए मेरा बाहर जाना तो सम्भव नहीं। किन्तु रोगियों का क्या होगा, इसी चिन्ता में पड़ा हूं। एकाध तो हैं नहीं; कुछ ऐसा है कि प्रियनाथ को छोड़ कोई विपिन को बुलाना ही नहीं चाहता! बेचारे की कैसे गुजर हो! उसके लिए दुःख भी होता है; जैसा भी है, पर उसने भी तो कुछ-न-कुछ सीखा है। अच्छा, जरा हाथ निकालो, देखूं तो। सुना हैं, पंचू ग्वाले को सर्दी लग गई है। उसे भी जल्दी से जाकर देख आना है। लाओ, हाथ देखूं!"

ज्ञानदा ने हाथ आगे नहीं बढ़ाया; चुपचाप सिर नीचा किए बैठी रही।

रासमणि ने पूछा–"इस छोकरी की बीमारी तुमने क्या समझी हैं, बताओ तो जमाई ?"

प्रिय बाबू ने उनके मुंह की ओर देखकर कहा–"डिस्-बदहजमी-अजीर्ण-अम्ल ! अम्ल !"

किन्तु प्रश्नकारिणी का मृदु-मृदु सिर हिलाना देखकर उनकी डाक्टरी विद्या बिलकुल डूबने-सी लगी। व्यग्र होकर बोले–"क्यों, क्यों ? नहीं क्यों ? जान पड़ता है, विपिन आया था ! आखिर उसने क्या कहा ? देखूं तो, कि वह क्या दवा दे गया है !"

रासमणि के मुंह पर आया हुआ सच-झूठ, उग्र-कोमल, भला-बुरा कुछ भी नहीं रुकता; भूमिका बांधकर कुछ कहने की आवश्यकता उन्हें शायद ही कभी होती हो, किन्तु उन्हें भी आज कुछ सावधान हो जाना पड़ा। माथा हिलाकर बोलीं–"नहीं बेटा, विपिन डाक्टर को भी नहीं बुलाया गया, परान डाक्टर भी नहीं आया–तुम्हारे आगे भला वे क्या हैं ! वे क्या डाक्टरी जानते हैं ? चटर्जी भैया तो यह बात सबके सामने कहते हैं !"

"कहेंगे नहीं ! यह तो सभी कहेंगे ! विपिन को तो मैं दस साल अभी सिखा सकता हूं ! उस वार पल्सेटिला[1] देकर..."

मौसी बोलीं–"इसके सिवा छोकरी ऐसा काण्ड कर बैठी हैं बेटा, कि अपने आदमी के सिवा दूसरे को बुलाने से भी रहे !"

प्रिय बाबू ने उत्तप्त होकर कहा–"मेरे रहते दूसरा आएगा यहां डाक्टरी करने ! तुम क्या जानो मौसी, इन सब रोगों में कुछ समय लगता ही है–किन्तु मैं इतना कहे देता हूं कि दो से ज्यादा तीसरी रेमिडी मैं नहीं देने का ! क्यों ज्ञानदा, मिचलाहट मेरी दो खुराक दवा से रुक गई या नहीं ? ठीक बताओ।"

ज्ञानदा का झुका हुआ सिर तो मानो मिट्टी में मिलने-मिलने को हो गया। उसकी ओर से रासमणि बोलीं–"तुम्हें छोड़ वह और किसी पर विश्वास नहीं करती बेटा ! तुम्हारी ओषधि क्या है, उसके लिए मानो तुम स्वयं धन्वन्तरि हो ! किन्तु उलटी से तुम जो समझते हो वह तो नहीं हैं प्रियनाथ ! अदृश्य के फेर से इस मुंहजली की बीमारी तो बिलकुल उलटी है !"

---

1. होमियोपैथी की एक दवा

प्रिय बाबू हाथ उठाकर बोले–"उलटी नहीं हैं मौसी, उलटी नहीं है! विपिन मित्तिर के हाथ में पड़ने पर वैसी ही हो जाती परन्तु अब कोई भय नहीं है–यह है प्रिय मुकर्जी!"

रासमणि ने माथे पर हाथ मारकर कहा–"तुम बचाओ तो भय नहीं है, यह सच है, किन्तु सर्वनाशिनी तो उधर सत्यानाश किए बैठी है! इस समय कोई दवा देकर इसका उद्धार न करोगे तो इस कुल पर कालिख पुत जाने का अवसर आ उपस्थित हुआ है बेटा!"

किन्तु मौसी ने जब देखा कि इतने बड़े अभिज्ञ चिकित्सक की समझ में भी उनकी आखिरी बात नहीं आई और यह उसके मुंह की ओर देखकर वे पलक मारने-भर में समझ गई, तो अब उस बात को और भी अच्छी तरह समझा देने की दृष्टि से वे प्रियनाथ को कमरे के एक किनारे खींच ले गईं। कान में कुछ कहते ही प्रियनाथ ने चौंककर कहा–"कहती क्या हो मौसी! ज्ञानदा...?"

मौसी बोलीं–"और क्या कहूं बेटा! भाग्य का लिखा कहीं मिटता है! अब तो तुम कोई ऐसी दवा दो प्रियनाथ, जिससे गोलोक चटर्जी का ऊंचा माथा नीचा न हो। वे देश का मस्तक हैं, समाज के शिरोमणि हैं! मर्द आदमी ठहरे–उनका दोष क्या हैं बेटा? किन्तु उनके घर में आकर इस छोरी ने कैसा निर्लज्ज काम किया है, भला बताओ तो!"

प्रिय बाबू का चेहरा फक हो गया। उन्होंने एक बार ज्ञानदा के मुंह की ओर देखने की चेष्टा की, फिर धीरे-धीरे कहा–"मौसी, अच्छा हो कि तुम लोग विपिन डाक्टर को खबर दो। मेरे पास ये सब दवाएं नहीं हैं।" इतना कहकर वे झुककर अपना बक्स और किताबें उठाने लगे।

रासमणि ने आश्चर्यपूर्वक कहा–"कहते क्या हो प्रियनाथ! और पांच कानों तक क्या यह बात कही जा सकती है? हजार हो, तुम अपने आदमी हो और विपिन डाक्टर पराया है–शूद्र है! बाम्हन की मान-मर्यादा की बात क्या उससे कही जा सकती है?"

किन्तु उत्तर के पहले ही सहसा दरवाजा खोलकर चुपचाप गोलोक ने प्रवेश किया और प्रियनाथ का बायां हाथ दबाते हुए विनयपूर्वक कहा–"विष के भय से यह और किसी की दवा खाना-पीना नहीं चाहती बेटा, नहीं तो तुम्हें यह कष्ट न देता! इस विपदा से उद्धार करना ही पड़ेगा, प्रियनाथ!"

प्रिय ने हाथ छुड़ाकर कहा–"नहीं-नहीं, इन सब गंदे कामों में मैं नहीं पड़ता;–मैं रोगी को देखता हूं, रेमिडी सिलेक्ट करता हूं, बस! विपिन-सिपिन को बुलाकर परामर्श कीजिए–मैं यह सब जानता-करता नहीं!" इतना कहकर फिर से उन्होंने पुस्तकें बगल में दबाने का आयोजन किया।

गोलोक ने उनके उस हाथ को फिर से अपने हाथ में खींचकर लगभग रुआंसे कण्ठ से कहना शुरू किया–"प्रियनाथ, बूढ़े आदमी की बात रख लो बेटा! रिश्ते में मैं तुम्हारा ससुर लगता हूं–यदि समझता कि तुम मेरी बात न रखोगे तो हम तुम्हें बतलाते ही न! दोहाई है बेटा! कुछ उपाय कर दो... हाथ से पकड़ता हूं तुम्हारी..."

प्रियनाथ ने फिर हाथ छुड़ा लेकर कहा–"रिश्ते में ससुर लगते हैं इसलिए क्या आपकी बात मानकर जीवहत्या करूंगा? अच्छे आदमी हैं आप! भला, परलोक में मैं क्या जवाब दूंगा?"

गोलोक दरवाजे की ओर खिसक गए। उनके चेहरे और आंखों का भाव, गले का स्वर सब जैसे किसी विचित्र जादू के बल से एक क्षण में बदल गया। कर्कश कण्ठ से उन्होंने पूछा–"इतनी रात को तुम किसी भलेमानस के घर में घुसे क्यों? यहां तुम्हारी क्या जरूरत थी?"

प्रश्न सुनकर प्रियनाथ को केवल आश्चर्य ही नहीं हुआ, वे बिल्कुल हतबुद्धि हो गए। बोले–"जरूरत क्या थी? वाह-खूब रहा! चिकित्सा करने के लिए किसने बुला भेजा था? वा...."

गोलोक चीत्कार कर उठे–"वा:! चिकित्सा के बारे में तू क्या जानता है हरामजादे-लुच्चे? किसने तुझे बुलवाया? किधर से घर में आ गया? खिड़की-दरवाजे किसने तेरे लिए खोला?"

फिर ज्ञानदा की ओर घूमकर बोले–"हरामजादी! तभी अंधा ससुर रो-रोकर चला गया, किन्तु तू जाने को तैयार न हुई? बूढी सास मर रही है–मैंने खुद भी कितना कहा कि ज्ञानदा जा, ऐसे समय जाकर उनकी सेवा कर! पर किसी तरह नहीं गई! क्या इसीलिए? दोपहर रात को चिकित्सा कराने के लिए? रह हरामजादी, कल तेरा सिर मुंडाकर उस पर माठा डालकर तुझे गांव के बाहर न निकलवा दिया तो मेरा नाम गोलोक चटर्जी नहीं!"

ज्ञानदा के सिर पर कपड़ा नहीं है–कब गिर पड़ा, इसका भी उसे कुछ होश

नहीं, उसके मुंह में कोई शब्द नहीं,–केवल दोनों आंखें फाड़कर मानो वह बिल्कुल ही पत्थर हो गई।

गोलोक ने रासमणि की ओर देखकर कहा–"रासू, आंखों से देख तो लिया न इन लोगों का काण्ड ? मैं दस गांवों का समाजपति हूं और मेरे ही घर के अन्दर यह पाप ! यह तो बाघ के घर कुत्ते का आवास हो गया रे !"

रासमणि स्वयं भी इतनी देर से संकुचित-सी बैठी थीं, बोलीं–"हां, हुआ तो यही भैया !"

गोलोक ने कहा–"किन्तु साक्षी रहना तुम !"

रासमणि बोलीं–"रहूंगी क्यों नहीं ! मैंने सोचा-रात को जरा फुर्सत नहीं मिली है तो जाकर देख आऊं ज्ञानदा कैसी है। यहां आकर देखा तो दोनों बैठकर हंसी-मजाक, गपशप कर रहे हैं !"

ज्ञानदा ने इसका भी कोई उत्तर नहीं दिया; उसी तरह फैली हुई आंखों के साथ, पत्थर की मूर्ति के समान बैठी रही।

प्रिय बाबू आच्छन-अभिभूत आदमी के समान खड़े थे, गोलोक ने झपटकर उनके हाथ से किताबें छीन लीं और गर्दन पर जोर से धक्का मारकर कहा–"निकल जा पाजी-लुच्चे, हमारे घर से ! क्या कहूं, तू रामतनु बनर्जी का जमाई है, नहीं तो जूते मार-मारकर तुझे अधमरा कर देता और फिर पकड़कर थाने भेज देता !" इतना कहकर फिर एक धक्का दिया और शोरगुल सुनकर जो नौकर-चाकर बरामदे में आकर इकट्ठा हो गए थे उनके बीच में से बार-बार धकियाते हुए उन्हें ठेलकर बाहर कर दिया।

प्रियनाथ इतना बोलते-बोलते गए–"वाह ! यह खूब रहा !" नौकर-चाकर तथा दासियां भी चली गईं और रासमणि भी चुपचाप उनके पीछे-पीछे खिसक गई।

रह गई केवल ज्ञानदा। वह उसी प्रकार निश्चल, उसी प्रकार वाक्यहीन उसी प्रकार अचेतन मूर्ति जैसी बैठी रही।

12

आज दिन-भर से निकट और दूर से बीच-बीच में शहनाई का करुण सुर सुनाई पड़ता रहा। अगहन के आज के दिन को छोड़ बहुत दिनों तक विवाह का कोई दिन नहीं है; इसीलिए इस छोटे गांव में भी चार-पांच घरों में विवाह का आयोजन चल रहा है। आज संध्या का भी विवाह है।

अनेक कारणों से अरुण अभी तक घर और जन्मभूमि का त्याग करने की इच्छा को कार्यरूप में परिणत नहीं कर पाया है। पहले की भांति ही उसने अपना काम-काज करना फिर से शुरू कर दिया है। बाहर से देखने पर उसके जीवन में कोई परिवर्तन नहीं दिखाई पड़ता किन्तु जरा ध्यान से देखने पर ही पता चल जाता हैं कि अपने देश के प्रति ममता का बोध उससे बिल्कुल ही दूर हो गया है। जिन सब हितकर अनुष्ठानों के साथ उसका घनिष्ठ सम्पर्क था, वे सब जैसे उससे दूर चले गए हैं। वह गांव के एक घर में बंद होकर रह गया है। विवाह के इतने घरों में से किसी के यहां उसका निमंत्रण नहीं था, इसलिए सामाजिकता का पालन करने के लिए उसे कहीं जाना भी नहीं था। आज सब घरों के दरवाजे उसके लिए बंद हैं।

संध्या होने के बाद से ही वह दोतल्ले पर अपने पढ़ने के कमरे में चुपचाप बैठा है। ठंडी हवा बह रही है, फिर भी उसने कमरे के दरवाजे और खिड़कियां खुली रख छोड़ी हैं। निर्मल, निर्मल आकाश में एक प्रान्त से लेकर दूसरे प्रान्त तक त्रयोदशी के चंद्रमा की चांदनी वही जा रही है-उसी का एक अंश पीछे के मुक्त वातायन से आकर उसके पांव के पास फैल गया है। उसके सामने वाले खुले बरामदे के निकट ही एक छोटे नारियल के वृक्ष के माथे पर पत्ते-पत्ते में ज्योत्स्ना का आलोक पड़कर झक-झक कर रहा है। अरुण उसी की ओर अर्धजाग्रत्, अर्ध-निद्रातुर की भांति देखता हुआ न जाने क्या सोच रहा है! रसोइया खाने के लिए पूछने आया तो 'भूख नहीं हैं,' कहकर उसे विदा कर दिया। दीवार के एक अंधेरे स्थान से घड़ी ने ग्यारह बजाकर उसके सोने के समय का निर्देश कर दिया,

फिर भी उसे वहां से हिलने की इच्छा न हुई–जिस तरह था, उसी तरह चुपचाप स्थिर पड़ा रहा।

हठात् उसके कान में सदर दरवाजे पर हाथ मारने और दूसरे ही क्षण उसके खुलने का शब्द सुनाई दिया। एक बार इच्छा हुई कि आवाज देकर उसका कारण पूछे, क्योंकि गांव में इतनी रात को सहज ही कोई किसी के घर नहीं जाता, किन्तु सुस्ती के कारण वह सवाल पूछने से रह गया।

किन्तु अधिक देर तक सोचने की आवश्यकता नहीं पड़ी। कुछ ही क्षणों बाद दरवाजे के निकट नई रेशमी साड़ी के प्रबल खस-खस शब्द के साथ ही कोई एक स्त्री तूफान की भांति कमरे में घुसकर उसके पैरों पर औंधी होकर गिर पड़ी।

अरुण घबराकर उठ खड़ा हुआ, तब उसने देखा कि चांदनी के उजाले में उसके परिधान के रंगीन वस्त्र झक-झक कर रहे हैं। वह कौन है, इसे पलक मारने-भर में देखकर भय और विस्मय से उसके कलेजे का अन्तरतम भाग उसी क्षण जैसे एकदम सूख गया ! उसे क्या कहना चाहिए, क्या करना चाहिए, इसे वह किसी तरह भी सोच नहीं सका।

किन्तु उसके लिए भी समय नहीं रह गया। एक भयानक, मर्मान्तक रुद्ध रोदन ने सहसा घर की हवा, घर के अन्धकार, घर के म्लान आलोक, घर का जो कुछ था सबको एक साथ, एक क्षण में मानो चीरकर टुकड़े-टुकड़े कर दिया।

दो-तीन मिनट तक हतबुद्धि की भांति चुप रहकर अरुण ने जरा पीछे हटकर पूछा–"मामला क्या है संध्या ?"

संध्या ने मुंह उठाकर देखा। उसके रंगीन परिधान के साथ सवांग में पहने हुए गहने चांदनी में जल-से उठे; सुन्दर माथे पर चन्द्ररश्मि पड़ने से चन्दन की पत्रलेखा दीप्त हो उठी और उसी के जरा नीचे अश्रुपूर्ण दो बड़े-बड़े लोचन झलझला उठे। नारी का ऐसा रूप अरुण ने और कभी नहीं देखा था इसलिए वह जैसे बिल्कुल ही मुग्ध हो गया।

संध्या ने कहा–"अरुण भैया, मैं ब्याह के पीढ़े से भागकर तुम्हें लेने आई हूं ! आज मुझे लज्जा नहीं है, भय नहीं हैं, मान-अपमान का ज्ञान नहीं है-तुम्हें छोड़ आज मेरे लिए पृथ्वी पर कोई दूसरा नहीं हैं ! तुम चलो !"

"कहां चलूं ?"

"जिस स्थान से अभी-अभी एक आदमी उठकर चला गया है, उस स्थान पर !"

अरुण के मन में गहरी चोट लगी। उसने समझ लिया कि काण्ड घट गया है। किसी झगड़े के कारण वरपक्ष के लोग जबर्दस्ती वर को लेकर लौट गए हैं। हिन्दू समाज में ऐसी दुर्घटनाओं की कमी नहीं। अब उसी दूसरे आदमी द्वारा छोड़े हुए, आसन पर अकस्मात् उसकी बुलाहट हुई है। जैसे भी हो, आज संध्या का विवाह होना ही चाहिए।

किन्तु स्वयं चोट खाकर भी अरुण अपनी ओर से चोट नहीं कर सका, वरन् स्नेहपूर्वक भर्त्सना करते हुए कहा–"छि:–तुम्हारा स्वयं आना उचित नहीं हुआ ! ऐसा तो होता ही है–तुम्हारे पिता या दूसरे कोई भी तो आ सकते थे।"

"बाबूजी ? बाबूजी तो भयवश न जाने कहां जा छिपे हैं ! मां तालाब में कूद पड़ी थीं, उन्हें किसी तरह पकड़कर निकाला गया है। उसी समय मैं तुम्हारे पास दौड़कर आ गई। उ:–इतना बड़ा सर्वनाश क्या पृथ्वी पर और किसी का हुआ है ! हम लोग जिएंगे कैसे !"

उसकी अन्तिम बात से अरुण को फिर चोट लगी। उसने कहा–"किन्तु मुझसे तो तुम लोगों के कुल की रक्षा होगी नहीं संध्या; मैं तो बहुत ही छोटा ब्राह्मण हूं ! देश में और भी कुलीन लोग हैं–तुम्हारे बाबूजी शायद उन्हीं की खोज में गए होंगे।"

संध्या रोकर बोली–"नहीं-नहीं, नहीं, अरुण भैया–बाबूजी कहीं नहीं गए हैं–वे भयवश भाग गए हैं ! मुझे और कोई भी न लेगा–कोई मुझसे ब्याह न करेगा ! केवल तुम मुझे प्यार करते हो–केवल तुम्हीं सदा मेरी इज्जत रखते रहे हो–तुम्हीं रखो !"

उसकी भयानक उच्छृंखल अवस्था में अरुण को क्लेश हुआ; हाथ धरकर उठाने की चेष्टा करते ही संध्या रोकर बोली–"नहीं, मैं उठूंगी नहीं–जब तक हो सकेगा तुम्हारे पांवों के पास पड़ी रहूंगी। तुम कहते हो कुल की रक्षा न होगी ? किसका कुल अरुण भैया ? मैं तो ब्राह्मण की लड़की नहीं हूं–मैं तो नाई की लड़की हूं और वह भी अच्छी लड़की नहीं। आज मेरा छुआ जल कोई न पिएगा। ओ: ! इतना बड़ा दण्ड तुमने मुझे क्यों दिया भगवान ! मैंने तुम्हारा क्या किया था !"

अरुण चौंक उठा। सहसा उसने सोचा कि शायद संध्या अपने होश-हवास में नहीं है। हो न हो, यह सब उसके उष्ण विकृत मस्तिष्क की कल्पना हो। शायद यह सब कुछ भी घटित न हुआ हो और वह भागकर आ गई हो। तब तो उसके घर पर अब तहलका मच गया होगा। उसे डांटकर घर पहुंचाने के अभिप्राय से स्नेहपूर्वक सिर पर हाथ रखकर धीरे-धीरे कहा–"अच्छा, चल संध्या, तुझे, घर ले चलूं!"

संध्या ने भूमिनत हो प्रणाम किया और उसके पांव की धूल माथे से लगाकर कहा–"चलो। तुम जाओगे, यह मैं जानती थी, किन्तु पहले मेरी पूरी कहानी सुन लो तब चलो-नहीं तो क्या जानूं, तुम भी शायद... मैंने कहा था तुमको एक दिन? छोटा ब्राह्मण न? जान पड़ता है कि उसी पाप के कारण आज प्रमाणित हो गया है कि मैं ब्राह्मण की लड़की नहीं हूं। उः! हम लोग किस तरह जिएंगे अरुण दादा!"

उसकी मानसिक यातना का परिणाम देखकर अरुण का मन फिर दुविधा में पड़ गया। उसके मन में आया कि शायद सचमुच ही कोई घटना घट गई है–हो सकता है कि यह सच्ची घटना का ही वर्णन कर रही हो। उसने धीरे-धीरे पूछा–"किसने यह बात प्रमाणित की?" .

"कौन? गोलोक चटर्जी ने। हां, उसी ने! उसने मुझसे क्या कहा था, जानते हो? नहीं जानते? अच्छा, जाने दो उस बात को। मां मुझे कन्यादान करने को बैठी थीं; मेरी दादी चुपचाप खड़ी थीं। इसी समय मृत्युञ्जय घटक दो और आदमियों के साथ आया। एक आदमी ने मेरी दादी को पुकारकर कहा–'तारा जीजी, मुझे पहचान सकती हो?'–दूसरे ने मेरी मां को दिखाकर कहा–'तुमने लड़के का ब्याह करके इस ब्राह्मण की लड़की की जाति तो मारी ही थी–अब फिर क्यों इस नतिनी का ब्याह करके इन लोगों की जाति नष्ट कर रही हो?' इसके बाद बाबूजी की ओर अंगुली दिखाकर सबको पुकारकर बोला–'तुम सब लोग सुन लो; जिसे तुम लोग परमकुलीन प्रिय मुकर्जी के नाम से जानते हो, वह बाम्हन नहीं, हीरू नाई का लड़का है!' "

अरुण बोल उठा–"यह सब तुम क्या बकती जा रही हो संध्या?"

किन्तु जान पड़ता है सन्ध्या उसका यह सवाल सुन ही नहीं पाई, अपनी कथा का सूत्र बनाए रखकर बोलती गई–"मृत्युञ्जय घटक ने गंगाजल से भरा घड़ा दादी

के सामने रखकर पूछा–'बोलो, जो मैं कहता हूं वह सच है या नहीं? बोलो, वह किसका लड़का हैं? मुकुन्द मुकर्जी का या हीरू नाई का? बोलो!'–अरुण भैया, मेरी संन्यासिनी दादी सिर झुकाए ही रह गईं, किसी तरह झूठ न बोल सकीं। यह सत्य है, भंयकर सत्य है! सचमुच हम लोगों को तुम जैसा समझते हो वैसे हम नहीं हैं। तुम्हारी सन्ध्या बाम्हन की लड़की नहीं है।"

अरुण के मन में अब संशय के लिए लेश-मात्र भी अवकाश नहीं रह गया; वह वज्राहत की भांति स्तब्ध होकर खड़ा होकर रह गया।

सन्ध्या ने बताया–"तब एक आदमी ने समस्त घटना को खोलकर बताया। वह उन्हीं के गांव का आदमी था। वह बोला–'आठ साल की उम्र में दादी का विवाह हुआ था। उसके चौदह-पन्द्रह साल बाद एक आदमी ने आकर अपने को जमाई बताया और मुकुन्द मुकर्जी के रूप में अपना परिचय देकर घर में टिका। पांच रुपये और एक वस्त्र लेकर और दो दिन रहकर वह चला गया!'–ओ:–भगवान!"

अरुण उसी तरह चुप और अचल खड़ा रहा।

सन्ध्या ने कहा–"हां, मैं क्या कह रही थी अरुण भैया? हां-हां, याद आ गया। उसके बाद वह आदमी प्राय: आने-जाने लगा। दादी बड़ी सुन्दरी थीं–वह अब रुपया नहीं लेता था। एक दिन जब हठात् सब भेद खुल गया तब बाबूजी का जन्म हो चुका था! उं:, यदि मैं मां होती तो उसी समय शिशु का गला घोंट देती, बड़ा न होने देती... क्या कह रही थी?"

अरुण अस्फुट स्वर में बोला–"कि भेद खुल गया।"

सन्ध्या बोली–"हां, वहीं। सब भेद खुल गया। तब उसने क्या बात मंजूर की, जानते हो? उसने कहा कि यह कुकर्म उसने अपनी इच्छा से नहीं किया, अपने मालिक मुकुन्द मुकर्जी के आदेश से किया है। एक तो वे (मुकुन्द मुकर्जी) बूढ़े आदमी थे ही, उस पर पांच-सात साल से वात-रोग से पंगु हो गए थे। इसलिए उन्होंने अपरिचित पत्नियों से रुपये वसूल करने का भार हीरू नाई को देकर उससे कहा कि तू ब्राह्मण का परिचय मुखाग्र कर ले, एक जनेऊ रख–अब से इस प्रकार रोजगार करके जो कुछ लाएगा उसमें आधा हिस्सा तेरा होगा।"

अरुण ने चौंककर कहा–"ऐसा काम उसने कहीं और भी किया था?"

सन्ध्या ने कहा–"हां, और भी दस-बारह जगह से वह इसी प्रकार करके

मालिक के लिए रुपए लाता था। वह और भी क्या कहता था, जानते हो? कहता था कि यह काम कोई नया नहीं और केवल उसके ही मालिक ऐसा नहीं करते हैं; ऐसे अनेक ब्राह्मण हैं जो दूर की स्त्रियों का कारबार दूसरों की सहायता से चलाते हैं।"

अरुण ने क्रोध से गरजकर कहा—"संभव है, सच ही हो! यदि सच न होता तो ब्राह्मणकुल में गोलोक जैसा कसाई जन्म ही कैसे लेते! और यही लोग समस्त हिन्दू समाज के माथे पर चढ़कर बैठे हुए हैं। हां, उसके बाद?"

"उसके बाद दादी मेरे बाबूजी को लेकर काशी चली गईं तभी से वे संन्यासिनी हैं—तभी से कहीं भी अपना मुंह नहीं दिखातीं।"

संध्या फिर कहने लगी—"हीरू ने अपने मालिक से पूछा भी था—महाराज, परलोक में मैं क्या जवाब दूंगा?—उसके मालिक ने कहा था—वह पाप तो मेरा है। मैं उसका जवाब दूंगा।—हीरू ने पूछा था—पर उन लोगों की दशा क्या होगी महाराज?—तब महाराजजी ने हंसकर उत्तर दिया था—वे मेरी स्त्रियां हैं, तेरी नहीं! तुझे इतना दर्द क्यों हो रहा है? जिन्हें आंखों से न कभी देखा, न देखूंगा, उनकी गति क्या होगी क्या नहीं होगी, इसकी चिन्ता मुझे क्यों करनी चाहिए और तुझे भी क्यों करनी चाहिए? हमारी चिन्ता की चीज तो है बस रोजगार—रुपया!—अरुण भैया, इसी से उस दिन हमारी दादी ने तुम्हारी चर्चा चलने पर रोकर कहा था—संध्या, जाति में कौन छोटा है, कौन बड़ा, इसे केवल भगवान् जानते हैं—मनुष्य को कभी किसी को हीन जाति का समझकर घृणा करनी ही न चाहिए, किन्तु उस समय तो मैं समझ नहीं सकी थी कि उसका अर्थ इस रूप में समझना पड़ेगा! किन्तु रात ज्यादा होती जा रही है—मेरे कारण, मुझे ग्रहण कर तुम्हें कभी दुःख न भोगना पड़ेगा, अरुण भैया! तुम्हारा महत्त्व, तुम्हारा त्याग मैं जीवन-भर नहीं भूलूंगी!" इतना कहकर वह एकटक देखने लगी।

अरुण ने अनिश्चित स्वर में संकोच-सहित कहा—"किन्तु इस समय तो तुम्हारे साथ मैं जा न पाऊंगा संध्या!"

संध्या ने चकित होकर कहा—"क्यों! तुम्हारे साथ न जाने पर मैं कहां खड़ी होऊंगी? मैं जिऊंगी कैसे?"

इस आकुल प्रश्न का उत्तर अरुण को सहसा खोजने पर नहीं मिला। वह बहुत धीरे-धीरे बोला—"आज मुझे क्षमा करो संध्या-मुझे जरा सोचने दो।"

"सोचोगे ?" यह कहकर संध्या अवाक् होकर एकटक, जहां तक सम्भव था, अंधकार में अरुण का चेहरा देखने की चेष्टा करने लगी। उसके बाद एक गम्भीर निश्वास छोड़कर धीरे-धीरे उठ खड़ी हुई और बोली–"अच्छा, सोचो। थोड़ा नहीं, शायद सोचने के लिए सारे जीवन का समय तुम्हें मिलेगा। इतने दिनों तक मैं भी सोचती थी–दिन-रात सोचती रही हूं। जब अपने सामने तुम्हें बहुत छोटा समझ लिया था, तभी से यह सोचती रही हूं। आज फिर तुम्हारे सोचने का समय आया है। अच्छा, मैं चली..." कहने के बाद उठकर खड़ा होते ही उसके अंग पर से उसका लम्बा आंचल खिसककर नीचे गिर गया। अब उसे उठाकर यथास्थान रखते समय, इतनी देर बाद, उसकी दृष्टि अपने ऊपर पड़ गई। अकस्मात् सिहर उठकर बोली–"हे भगवान्! ये रंगीन वस्त्र, शरीर के ये गहने, मेरे माथे का वह वधचन्दन! इन्हें पहनते समय यह बात किसने सोची थी!" कहते-कहते उसका गला भरी गया; उसी भर्राए गले से वह बोली–"मैं विदा होती हूं अरुण भैया!" इतना कहकर और एक बार प्रणाम करके वह चुपचाप बाहर हो गई।

अरुण निश्चल खड़ा रहा। किन्तु संध्या के आंख से ओझल होते ही सहसा जैसे उसकी मोहावस्था टूट गई। व्यग्र व्याकुल स्वर में वह नौकर को बुलाकर कहने लगा–"शिबू, जा-जा, साथ जा!" कहते-कहते खुद ही दौड़कर उसका अनुसरण करने लगा।

13

बायें हाथ में दीपक लिये हुए प्रियनाथ बक्स में से कुछ चीजें निकाल–निकालकर एक कपड़े के टुकड़े पर रख रहे थे कि उन्हें पीछे से आवाज सुनाई दी–"बाबूजी !"

प्रियनाथ यह काम छिपकर कर रहे थे इसलिए घबराकर हाथ का दीपक रखकर उठ खड़े हुए और बोले–"कौन, संध्या ? ले, मैं अभी चला जा रहा हूं, अब और देर न करूंगा..."

संध्या ने बड़े कष्ट से आंसू रोककर कहा–"क्या कर रहे थे बाबूजी ?"

प्रिय बाबू घबराकर बोले–"मैं ? कहां ? कुछ तो नहीं बेटी !"

"उस कपड़े को दिखाकर संध्या ने पूछा–"वह क्या है बाबूजी ? उसमें क्या रख रहे थे ?"

भेद खुल जाने से प्रिय बाबू बड़े लज्जित हो उठे। कुछ विनय के स्वर में बोले–"थोड़ी–अधिक नहीं-रेमिडी साथ ले जा रहा था और यह 'मेटेरिया मेडिका' है–बड़ी वाली नहीं, छोटी–यह फट-वट भी गई है। अपरिचित स्थान होगा, जो भी हो कुछ-न-कुछ प्रैक्टिस तो करनी ही होगी ! इसी से सोचा..."

"मां क्या तुम्हें इतना भी देना नहीं चाहती बाबूजी ?"

प्रियनाथ ने अनिश्चित भाव से सिर हिलाकर क्या जनाया, यह कुछ ठीक समझ में नहीं आया।

"तुम कहां प्रैक्टिस करोगे बाबूजी ?"

"वृन्दावन में। वहां कितने ही यात्री आते-जाते रहते हैं। इतनी दवा करके क्या महीने में चार-पांच रुपये भी न कमा सकूंगा ? संध्या, उतने से ही तो मेरा काम अच्छी तरह चल जाएगा।"

"ज़रूर कमा सकोगे बाबूजी, तुम और भी बहुत ज्यादा कमाओगे। किन्तु वहां तो तुम किसी को जानते नहीं। परसों आखिरी रात में जब दादी काशी चली गई तब तुम उनके साथ क्यों नहीं चले गए बाबूजी ?"

"मां के साथ ? काशी ? नहीं बेटी, अपने साथ मैं और किसी को भी लपेटना नहीं चाहता। मेरे लिए तुम लोगों को बहुत दु:ख भोगना पड़ा है; अब मैं किसी को दु:ख न दूंगा। जितने दिन जिऊंगा किसी अपरिचित जगह में अकेले ही रहूंगा।"

संध्या ने पिता की छाती के पास आकर उनके दोनों हाथ अपने हाथों में लेकर कहा–"किन्तु मैं तुम्हें अकेले न रहने दूंगी बाबूजी; मैं भी तुम्हारे ही साथ जाऊंगी !"

प्रिय बाबू ने धीरे-धीरे अपने हाथ छुड़ा लिये, फिर उन्हें कन्या के सिर पर रखकर हंसते हुए कहा–"दुर पगली ! ऐसा भी कहीं होता है ! मेरे साथ कहां जाएगी बेटी–तुम अपनी मां के पास रहो। उसने भी बड़ा दु:ख पाया है। और मेरा नाम पूछते जो ओषधि लेने आएं उन्हें ओषधि देते रहना। और देख संध्या, मेरी किताबें यदि तेरी मां दे दे तो तू उन्हें विपिन को दे देना। वह बेचारा गरीब है, पुस्तकें खरीद नहीं सकता, इसीलिए कुछ सीख नहीं पाता।"

संध्या सिर हिलाकर बोली–"नहीं बाबूजी, मैं तुम्हारे साथ चलूंगी ही। वह देखो, अपने रोज के पहनने के कपड़े मैंने अंगोछे में बांध लिये हैं।" इतना कहकर उसने आंचल के नीचे से एक छोटी पोटली निकालकर दिखा दी।

प्रिय बाबू कभी अधिक प्रतिवाद नहीं कर पाते थे; वे राजी होकर बोले– "अच्छा चल; किन्तु तेरी मां को इससे बड़ा दु:ख होगा संध्या !"

कल ही सबके सामने, समाज के बड़े-बड़े लोगों के सामने उसने पिता की उत्कट दुर्गति होते अपनी आंखों से देखी है। जगद्धात्री का अपना मकान होने के कारण ही यह सब सम्भव हुआ। यह अपमान संध्या के पोर-पोर में चुभ गया था, किन्तु प्रत्युत्तर में उसने इस बात का कुछ उल्लेख नहीं किया; केवल बार-बार सिर हिलाकर बोलने लगी–"नहीं बाबूजी, मैं किसी तरह न रहूंगी, जाऊंगी ही ! मेरे साथ न रहने पर तुम्हारी देखरेख कौन करेगा ? कौन तुम्हें रांधकर खिलाएगा ?"

इतना कहकर उसने झटपट पिता की दवाइयां और पुस्तकें कपड़ें के एक टुकड़े में बांध ली और उनका हाथ पकड़कर कहा–"चलिए बाबूजी, हम लोग इसी समय निकल चलें, नहीं तो बारह बजे वाली गाड़ी न पकड़ पाएंगे।"

माया के बन्द कमरे की चौखट के ऊपर माथा टेककर संध्या ने प्रणाम किया और बोली–"मां, हम जा रहे हैं। केवल पहनने की तो धोतियों के सिवा मैंने

तुम्हारा और कुछ नहीं लिया है।" कहते-कहते वह रो पड़ी। किन्तु भीतर से कोई जवाब नहीं आया। वह झटपट आंचल से आंखें पोंछकर बोली–"मां, लांछना और घृणा की समस्त स्याही मुख पर पोतकर ही हम विदा हो रहे हैं–तुम्हारे समाज में इसका न्याय नहीं होगा। किन्तु जिनके महापातक का बोझ लादकर हम लोगों को जाना पड़ रहा है उनका न्याय करने वाले भी एक हैं, उन्हें तो एक दिन पता लग ही जाएगा।"

तब भी घर के अन्दर उसी प्रकार की निस्तब्धता रही, द्वार उसी तरह बन्द रहे। संध्या पिता के पीछे-पीछे घर से बाहर आ गई। कोई एक आदमी पास ही पेड़ के नीचे खड़ा था। उसके पास आते ही प्रिय ने ज्योत्स्ना के आलोक में उसे पहचानकर कहा–"कौन अरुण हो क्या ?"

अरुण ने कहा–"जी हां, आज आप बारह की गाड़ी से जाएंगे, यह सुनकर भेंट करने चला आया।"

प्रियनाथ ने कहा–"अच्छा। और यह मुश्किल तो देखो, लड़की किसी तरह छोड़ती नहीं, साथ जा रही है। मैं कहां जाऊंगा, कहां रहूंगा–भला देखो तो इसका पागलपन !"

अरुण ने अवाक् होकर कहा–"संध्या, तुम भी जाओगी ?"

संध्या ने केवल इतना–"हां।"

अरुण एक मुहूर्त मौन रहकर अत्यन्त संकोच के साथ बोला–"उस दिन रात को मैं किसी प्रकार मन को स्थिर न कर सका, किन्तु आज निश्चय कर लिया है–तुम्हारी बात पर राजी हूं, संध्या !"

प्रिय बाबू कुछ समझ न पाने के कारण केवल ताकते रहे। संध्या शान्त कण्ठ से धीरे-धीरे बोली–"उस दिन में भी बड़ी उतावली हो पड़ी थी अरुण भैया, किन्तु आज मेरा मन भी स्थिर, शान्त हो गया है। लड़कियों के लिए विवाह को छोड़कर पृथ्वी पर और भी कोई काम है या नहीं, उसे ही जानने के लिए मैं बाबूजी के साथ जा रही हूं। किन्तु हमारे पास अब और समय तो हैं नहीं अरुण भैया–कर सको तो हम लोगों को क्षमा कर देना !" इतना कहकर वह पिता का हाथ पकड़ आगे बढ़ चली। अरुण के साथ-साथ चलने का यत्न करते ही संध्या घूमकर उसकी ओर देखती हुई बोली–"नहीं अरुण भैया, तुम हम लोगों के साथ नहीं आ सकते, तुम घर जाओ।"

अरुण ने कहा—"संध्या, इस दु:ख के समय तुम मां को छोड़कर चली जा रही हो?"

संध्या बोली—"क्या करूं अरुण भैया, इतने दिनों तक माता-पिता दोनों का सुख प्राप्त करने का सौभाग्य था, किन्तु आज उनमें से एक को छोड़ना ही पड़ेगा। मां के लिए कुछ-न-कुछ उपाय है। कल बहुत-से लोग तो तमाशा देखने आए थे और किसी-किसी ने कहा था—उनके लिए कोई एक प्रायश्चित है। हो तो अच्छा ही है। इसलिए देख-रेख करने वाले आदमियों का उन्हें अभाव न होगा किन्तु मेरे बाबूजी के लिए इस संसार में मेरे सिवा दूसरा कोई देखने वाला नहीं हैं। अब खड़े न हो बाबूजी, चलो।"

इतना कहकर वह फिर आगे बढ़ गई। अरुण उसी स्थान पर स्तब्ध होकर खड़ा रह गया।

रास्ते में थोड़ी दूर आकर दिखाई पड़ा कि कितने ही लोग लुचुई (एक प्रकार की पूरी), मछली तथा विविध प्रकार की मिठाइयों की अत्यधिक प्रशंसा से रास्ते को मुखरित करते और पान चबाते हुए अपने-अपने घर जा रहे हैं। उनके आनन्द और परितृप्ति की कोई सीमा नहीं। चांदनी के उजाले में कहीं वे पहचान न लें इस भय से पिता का हाथ पकड़े संध्या राह के किनारे आड़ में जा खड़ी हुई और उनके चले जाने पर फिर आगे चली।

मोड़ पर घूमते ही उनके भूरि-भोजन का हेतु समझ में आ गया। पास के आम के बगीचे में से होकर गोलोक चटर्जी के मकान से बहुत-सा उजाला और बहुत ही अधिक शोरगुल आ रहा था। 'पूरी लाओ', 'तरकारी इधर दो', 'दही कौन दे रहा है', 'मिठाई कहां हैं'—इत्यादि बहुत-से कण्ठों से निकले हुए शब्दों से सारा वातावरण गूंज रहा था।

प्रिय बाबू ने कहा—"गोलोक चटर्जी का आज बहू-भात है न? काम-काज में चटर्जी खिलाते अच्छा हैं। सुना हैं, पांचों गांवों को निमन्त्रित किया गया है—बाम्हन-शूद्र कोई नहीं छूटा।"

संध्या ने अवाक् होकर कहा—"किसका बहू-भात बाबूजी? गोलोक नाना का?"

प्रियनाथ ने कहा—"हां, प्राणकृष्ण की लड़की से परसों उनका ब्याह हुआ है न?"

संध्या के मुंह से केवल इतना निकला–"हरिमती से ? उसका बहू-भात है ?"

प्रिय बाबू ने कहा–"हां-हां, हरिमती ही नाम तो है उसका ! गरीब बाम्हन की रक्षा हो गई–लड़की बड़ी हो गई थी–क्या है री ?"

"कुछ नहीं बाबूजी, चलिए हम लोग यहां से चटपट निकल चलें !" इतना कहकर संध्या पिता का हाथ पकड़कर उन्हें एक तरह से खींचती हुई रेलवे स्टेशन की ओर चल पड़ी।

पिता को लेकर जब वह स्टेशन आ पहुंची तब भी गाड़ी आने में प्रायः आध घण्टे की देर थी। गंवई-गांव का छोटा-सा स्टेशन, फिर रात होने के कारण भी कोई यात्री वहां न था। सिर्फ प्लेटफार्म के एक किनारे पर एक कनेर के वृक्ष की अंधेरी छाया में कोई औरत बैठी हुई थी। उसने इन लोगों को देखते ही व्यस्त होकर घूंघट खींच लिया।

प्रिय बाबू हटकर खड़े हो गए किन्तु संध्या की तेज निगाह को वह धोखा न दे सकी। संध्या कुछ मिनट तक चुपचाप देखते रहने के बाद विस्मय के साथ बोल उठी–"ज्ञानदा जीजी, तुम यहां कैसे ? और अकेले क्यों ?"

संध्या ने ठीक ही पहचाना था। ज्ञानदा ने क्षण-भर में ही दोनों हाथ बढ़ाकर संध्या को अपनी छाती के पास खींच लिया और फिर फफक-फफककर रोने लगी। संध्या के आश्चर्य की कोई सीमा नहीं रह गई। वह अपने ही दुर्भाग्य में अभिभूत थी; इसी बीच उसी के पास के मकान में और एक हतभागिनी का भाग्य किस अतल में डूब गया था, इसका उसे कुछ भी पता न था, किन्तु प्रिय बाबू का चेहरा एकदम पीला पड़ गया।

संध्या ने कहा–"तुम कहां जाओगी ज्ञानदा जीजी !"

ज्ञानदा के रुद्ध कण्ठ से कोई भी शब्द बाहर न निकला। उसने केवल सिर हिलाकर बताया कि कहां जाना है, इसका भी कोई ज्ञान नहीं हैं।

इसके बाद बड़ी देर तक किसी ने कोई बात न की। किन्तु गाड़ी आने का समय निकट आता जा रहा था इसीलिए टिकट तो खरीदना ही था। बड़ी चेष्टा से प्रियनाथ के मुंह से स्वर निकल पाया–"तुम कहां जाओगी ज्ञानदा ? क्या तुम्हारा टिकट खरीदा जा चुका है ?"

ज्ञानदा ने उसी तरह सिर हिलाकर कहा–"नहीं !"

फिर उसने विगलित कठ से पूछा–"आप कहां जाएंगे ?"

प्रियनाथ ने कहा–"वृन्दावन।"

"क्या संध्या भी साथ जाएगी ?"

प्रिय बाबू ने कहा–"हां।"

ज्ञानदा ने आंचल की गांठ खोलकर कुछ रुपए निकाले और प्रिय बाबू के पावों के पास रखकर कहा–"टिकट का दाम क्या होगा, मैं नहीं जानती, किन्तु ये पचास रुपए मेरे पास हैं–मुझे भी वृन्दावन का एक टिकट खरीद दीजिए। केवल रास्ते-भर के लिए आप मुझे साथ ले चलिए। इससे अधिक दुनिया में मैं किसी से कुछ नहीं चाहूंगी।"

प्रिय बाबू कुछ देर तक चुप रहने के बाद अन्त में धीरे-धीरे बोले–"अच्छा, चलो हमीं लोगों के साथ।"

●●●

एक मार्मिक कहानी

हरिलक्ष्मी

जिस बात को लेकर इस कहानी की उत्पत्ति हुई वह छोटी-सी है, फिर भी उस छोटी-सी बात से हरिलक्ष्मी के जीवन में जो कुछ हो गया, वह छोटा भी नहीं, तुच्छ भी नहीं। संसार में ऐसा ही हुआ करता है। बेलपुर के दो 'शरीक' (जमींदार के साझीदार), शांत नदी-किनारे जहाज के पास, छोटी डोंगी की तरह, परस्पर एक-दूसरे के पास निरुपद्रव बंधे थे। अकस्मात् न मालूम कहां से एक तूफान उठ खड़ा हुआ—जहाज का रस्सा का और लंगर टूटकर अलग हो गया साथ ही एक क्षण में यह छोटी-सी डोंगी न जाने कैसे नेस्तनाबूद हो गई, कुछ पता ही ढूंढ़े न मिला।

बेलपुर का ताल्लुका कोई बड़ा नहीं। उठते-बैठते रैयतों को मार-पीटकर साल में बारह हजार से भी ज्यादा वसूली नहीं होती; इसलिए साढ़े पन्द्रह आने के हिस्सेदार शिवचरण के सामने दो पैसे के हिस्सेदार विपिनविहारी की तुलना अगर जहाज के साथ छोटी डोंगी से की है, तो इसमें शायद कोई अतिशयोक्ति न हुई होगी।

दूर का नाता होने पर भी हैं दोनों जाति-भाई और छह-सात पीढ़ी पहले दोनों एक ही मकान में रहते थे; किन्तु, आज एक का तिमंजिला मकान गांव के सिर पर खड़ा है और दूसरे का जीर्ण मटियाला घर दिन पर दिन जमीन पर बिछ जाने की तरफ बढ़ता चला जा रहा है।

फिर भी, इसी तरह दिन कट रहे थे और बाकी के दिन भी विपिन के इसी तरह सुख-दुःख में चुपचाप कट सकते थे, परन्तु, जिस बादल के टुकड़े से असमय में तूफान उठ खड़ा हुआ और सब उलट-पुलट गया, वह इस प्रकार है—

साढ़े पन्द्रह आने के हिस्सेदार शिवचरण की पत्नी की सहसा मृत्यु हो जाने पर उनके मित्रों ने कहा, "चालीस-इकतालीस क्या कोई उमर में उमर है! तुम

दूसरा ब्याह करो।" शत्रुपक्ष के लोग सुनकर हंसने लगे। बोले, "चालीसी तो शिवचरण की चालीस वर्ष पहले ही पार हो चुकी है।" मतलब यह है कि दोनों में से कोई भी बात सच नहीं। असल बात यह थी कि बड़े बाबू का दिव्य-गोरा-हष्टपुष्ट शरीर था, भरे हुए चेहरे पर लोभ का चिह्न मात्र न था। यथासमय दाढ़ी-मूंछें न पैदा होने से कुछ सहूलियत तो हो सकती है, पर अड़चनें भी काफी होती हैं! उमर का अन्दाजा लगाने के बारे में जो नीचे की तरफ नहीं जाना चाहते, ऊपर की ओर ये गिनती के किसी कोठे में जाकर ठहरेंगे, इसकी उन्हें स्वयं ही कुछ थाह नहीं मिलती। खैर, कुछ भी हो, धनवान् पुरुष का ब्याह किसी भी देश में उमर के पीछे नहीं रुकता, फिर बंगाल में तो रुकने ही क्यों लगा! करीब डेढ़ महीना तो शोक-ताप और 'नहीं-नहीं' करते-कराते बीत गया, उसके बाद शिवचरण हरिलक्ष्मी को ब्याह कर अपने घर ले आए। कारण शत्रु पक्ष के लोग चाहे कुछ भी क्यों न कहते रहें, यह बात माननी ही पड़ेगी कि प्रजापति[1] सचमुच ही उन पर अत्यन्त प्रसन्न थे। उन लोगों ने गुपचुप बातचीत की, "यह बात नहीं कि वर की तुलना में नववधू की उमर बिलकुल ही असंगत हो, मगर हां, दो-एक बाल-बच्चे लेकर घर आती तो फिर कहने-सुनने की कोई बात ही न रह जाती।" लेकिन, इस बात को सभी ने स्वीकार किया कि वह सुन्दरी है। मतलब यह कि साधारणत: बड़ी उमर की लड़कियों से भी लक्ष्मी की उमर कुछ ज्यादा हो गई थी, शायद उन्नीस से कम न होगी। उसके पिता आधुनिक विचार के सुधारक आदमी हैं, उन्होंने बड़े जतन से लड़की को ज्यादा उमर तक शिक्षा देकर मैट्रिक पास कराया था। उनकी इच्छा तो कुछ और ही थी, सिर्फ व्यापार फेल हो जाने और आकस्मिक दरिद्रता आ जाने के कारण ही उन्हें ऐसे सुपात्र को कन्या अर्पण करने के लिए लाचार होना पड़ा था।

लक्ष्मी शहर की लड़की ठहरी, पति को उसने दो ही चार दिन में पहचान लिया। उसके लिए मुश्किल यह हुई कि आत्मीय-स्वजन-मिश्रित अनेक परिजनों से घिरे हुए इस बड़े घर में वह जी खोलकर किसी से हिल-मिल न सकी। उधर शिवचरण के प्रेम का तो कोई अन्त ही न था। सिर्फ वृद्ध की तरुणी भार्या होने के कारण ही नहीं, उसे तो मानो एकबारगी ही अमूल्य निधि मिल गई। घर के लोग,

1. विवाह के देवता

नौकर-चाकर और औरतें, कुछ ठीक न कर सके कि कैसे उनकी मिजाजपुरसी करें; पर एक बात वह अकसर सुना करती थी–अब मंझली बहू के मुंह पर कालिख लग गई। रूप में, गुण में, विद्या-बुद्धि में–हर एक बात में अब उसका गर्व चूर हो गया।

मगर इतना करने पर भी कुछ न हो सका, दो महीने के अन्दर लक्ष्मी बीमार पड़ गई। इस बीमारी की हालत में ही एक दिन मंझली बहू के साथ उसकी भेंट हुई। मंझली बहू से मतलब है विपिन की स्त्री से। बड़े घर की नई बहू के बुखार की खबर सुनकर वह देखने आई थी। उमर में वह शायद दो-तीन साल बड़ी होगी। इस बात को मन-ही-मन लक्ष्मी ने भी स्वीकार किया कि वह सुन्दरी हैं, परन्तु इस उमर में भी उसके सारे शरीर पर दरिद्रता की भीषण मार के चिह्न स्पष्ट दिखाई दे रहे थे। साथ में छह-सात साल का एक लड़का था, वह भी दुबला-पतला। लक्ष्मी आदर के साथ अपने बिछौने पर एक तरफ बैठने के लिए स्थान कर कुछ देर तक चुपचाप उसकी ओर देखती रही। हाथ में दो-दो चूड़ियों के सिवा सारे अंग पर कोई और गहना नहीं। पहनावे में अधमैली लाल किनारों की धोती है, शायद वह उसके पति की होगी। गांव की प्रथा के अनुसार लड़का दिगम्बर नहीं था, उसकी भी कमर में एक रंगी हुई छोटी धोती थी।

लक्ष्मी ने मंझली बहू का हाथ धीरे से अपनी तरफ खींचते हुए कहा, "सौभाग्य से बुखार आ गया, तभी तो आपसे मुलाकात हो सकी। मगर रिश्ते में जेठानी होती हूं, मंझली बहू। सुना है कि मंझले देवर जी इनसे बहुत छोटे हैं।"

मंझली बहू ने सहास्य मुंह से कहा, "रिश्ते में छोटी होने पर क्या 'आप' कहा जाता है?"

लक्ष्मी ने कहा, "बस, पहले दिन जो कहा, सो कह दिया; नहीं तो 'आप' कहने वाली मैं नहीं हूं। मगर तुम भी मुझे, 'जीजी' नहीं कह सकतीं–यह मुझसे बरदाश्त न होगा। मेरा नाम लक्ष्मी है।"

मंझली बहू ने कहा, "नाम बताने की जरूरत नहीं, जीजी, आपको देखते ही मालूम हो जाता है। और मेरा नाम न मालूम किसने मजाक में रख दिया था कमला–" कहकर वह कुतुहल के साथ जरा हंस दी।

हरिलक्ष्मी के जी में आया कि वह भी प्रतिवादस्वरूप कहे कि तुम्हारी तरफ देखने से ही तुम्हारा नाम मालूम हो जाता है; परन्तु वह इस डर से कह न सकी

कि ऐसा कहना नकल की तरह सुनाई देगा। बोली, "हम दोनों के एक ही माने हैं। लेकिन मंझली बहू, मैं तुमसे 'तुम' कह सकी, पर तुमसे तो 'तुम' कहते नहीं बना?"

मंझली बहू ने हंसते हुए जवाब दिया, "चट से निकलता नहीं मुंह से जीजी। एक उमर के सिवा आप सभी बातों में मुझसे बड़ी हैं। अभी दो-चार दिन जाने दो–जरूरत पड़ने पर बदलने में कितनी देर लगती है।"

हरिलक्ष्मी के मुंह पर सहसा इसका प्रत्युत्तर तो नहीं आया, पर वह मन-ही-मन समझ गई कि यह औरत पहले दिन के परिचय को अधिक घनिष्ठ नहीं करना चाहती। मगर उसके कुछ कहने के पहले ही मंझली बहू उठने की तैयारी करके बोली, "तो अब उठती हूं जीजी, कल फिर..."

हरिलक्ष्मी आश्चर्यान्वित होकर बोली, "अभी से चली जाओगी कैसे, जरा बैठो।"

मंझली बहू ने कहा, "आप हुक्म करेंगी तो बैठना पड़ेगा; पर आज जाने दीजिए, जीजी, उनके आने का समय हो गया है।" इतना कहकर वह उठकर खड़ी हो गई और लड़के का हाथ पकड़कर जाने के पहले हंसती हुई बोली, "चलती हूं जीजी। कल जरा सिदौसी चली आऊंगी, क्यों?" यह कहकर वह धीरे से बाहर निकल गई।

विपिन की स्त्री के चले जाने पर हरिलक्ष्मी उसी तरफ देखती हुई चुपचाप पड़ी रही। अब बुखार नहीं था, पर उसकी ग्लानि बनी हुई थी। फिर भी कुछ देर के लिए वह सब कुछ भूल गई। अब तक गांव-घर की इतनी बहू-बेटियां आई हैं, जिनका शुमार नहीं, परन्तु बगलवाले गरीब घर की इस बहू के साथ उनकी कोई तुलना ही नहीं हो सकती। वे अपने-आप आई और उठना ही नहीं चाहती थीं। और बैठने के लिए कहा गया, तो फिर कहना ही क्या! उनमें कितनी प्रगल्भता थी, कितनी वाचालता थी, मनोरंजन करने के लिए कितना लज्जाजनक प्रयास था उनका। बोझ से दबा हुआ उसका मन बीच-बीच में विद्रोही हो उठा है, परन्तु उन्हीं में से अकस्मात् यह कौन आकर, उसकी रोगशय्या के पास कुछ क्षणों के लिए, अपना ऐसा परिचय दे गई? उसके मायके की बात पूछने का समय नहीं मिला, परन्तु बिना पूछे ही लक्ष्मी न जाने कैसे समझ गई कि उसकी तरह वह कलकत्ते की लड़की हरगिज नहीं। इसके लिए विपिन की स्त्री की प्रसिद्धि है कि

गांव की रहने वाली होने पर भी पढ़ी—लिखी है। लक्ष्मी ने सोचा, मुमकिन है कि मंझली बहू स्वर के साथ रामायण-महाभारत पढ़ सकती हो, पर इससे ज्यादा और कुछ नहीं। जिस पिता ने विपिन जैसे दीन-दुःखी के हाथ अपनी लड़की सौंपी है उसने कोई घर पर मास्टर रखकर और स्कूल में पढ़ाकर पास कराके कन्यादान नहीं किया होगा। उज्जवल श्याम वर्ण है,–पर गोरा नहीं कहा जा सकता। रूप की बात छोड़ दो–शिक्षा, संस्कार, अवस्था, किसी भी बात में तो विपिन को स्त्री उसके सामने टिक नहीं सकती। परन्तु एक बात में लक्ष्मी ने अपने को मानो उससे छोटा समझा वह था उसका कण्ठस्वर! मानो वह संगीत हो और बात करने का ढंग तो मानो बिलकुल मधु से भरा हुआ था। जरा भी जड़ता नहीं, सहज-सरल बातचीत थी उसकी। बातें मानों वह अपने घर से कण्ठस्थ कर लाई हो। परन्तु, सबसे ज्यादा जिस चीज ने उसे बांध डाला, वह थी उसकी दूरी। इस बात को कि वह गरीब घर की बहू है, मुंह से न कहने पर भी इस ढंग से प्रकट करके गई कि मानो यही उसके लिए स्वाभाविक है, मानो इसके सिवा और कुछ उसे शोभा नहीं देता।–यह बताने के सिवा और किसी उद्देश्य का उसमें लेशमात्र भी नहीं था कि वह गरीब है, पर कंगाल नहीं। एक भले घर की बहू दूसरे घर को एक बीमार बहू को देखने आई है। शाम को जब पति देखने आए, तब हरिलक्ष्मी ने और-और बातचीत होने के बाद कहा, "उस घर की मंझली बहू से आज भेंट हुई थी।"

शिवचरण ने कहा, "किससे? विपिन की बहू से?"

हरिलक्ष्मी ने कहा, "हां, मेरे भाग्य अच्छे थे जो इतने दिनों के बाद खुद ही मुझे देखने आई थी। पर पांचेक मिनट से ज्यादा ठहरी नहीं; काम था, इसलिए चली गई।"

शिवचरण ने कहा, "काम! अरे, उन लोगों के घर कोई नौकर-नौकरानी थोड़े ही है। बासन मांजने से लगाकर बटलोई चढ़ाने तक सभी काम अपने हाथ से करने पड़ते हैं। भला तुम्हारी तरह पड़े-पड़े, बैठे-बैठे आराम कर तो ले कोई! एक गिलास पानी तक तो तुम्हें अपने हाथ से भरकर पीना नहीं पड़ता।"

अपने सम्बन्ध में ऐसा मन्तव्य हरिलक्ष्मी को बहुत ही बुरा मालूम हुआ, पर यह समझकर वह गुस्सा नहीं हुई कि बात तो उसकी बड़ाई करने के लिए ही कही गई थी, अपमान करने के लिए नहीं। बोली, "सुना है कि मंझली बहू को बड़ा घमंड है, अपना घर छोड़कर कहीं आती-जाती नहीं?"

शिवचरण ने कहा, "जाएगी कैसे? हाथों में दो-दो चूड़ियों के सिवा खाक-पत्थर कुछ पास में है भी, मारे शरम के मुंह नहीं दिखा सकती।"

हरिलक्ष्मी ने जरा हंसकर कहा, "इसमें शरम काहे की? दुनिया के लोग क्या उसकी देहं पर जड़ाऊ गहने के लिए व्याकुल हो रहे हैं, जो न देखेंगे तो छि:-छि: करते डोलेंगे?"

शिवचरण ने कहा, "जड़ाऊ गहने? मैंने तुम्हें दिए हैं, किसी साले के बेटे ने वैसे आंखों से देखे भी हैं? अपनी स्त्री को आज तक दो चूड़ियों के सिवा और कुछ बनवाकर दे सका! हुंः, बाबू, रुपए का जोर बड़ा जोर है! जूता मारूंगा और–"

हरिलक्ष्मी क्षुण्ण और अत्यन्त लज्जित होकर बोली, "छि:-छि:, ऐसी बात क्यों कह रहे हो?"

शिवचरण ने कहा, "नहीं-नहीं, हमारे पास दबी-छिपी बात नहीं, जो कुछ कहूंगा सो साफ-साफ कह दूंगा।"

हरिलक्ष्मी चुपचाप आंखें मींचे पड़ी रही। कहने को और था ही क्या? ये लोग कमजोरों के विरुद्ध अत्यन्त असभ्य बात कठोर और कर्कश स्वर में कहने को ही स्पष्टवादिता समझते हैं। शिवचरण शांत न रहा; कहने लगा, "ब्याह में जो पांच सौ रुपए उधार लिये थे, उसके ब्याज-असल मिलाकर सात सौ हो गए, उसका भी कुछ ख्याल है? गरीब है–एक किनारे से पड़ा है, पड़ा रहे। अरे मैं चाहूं तो कान पकड़ के निकाल बाहर कर सकता हूं। जो दासी के लायक नहीं, वह मेरी स्त्री के सामने घमण्ड दिखलाती है!"

हरिलक्ष्मी करवट बदलकर सो रही। एक तो बीमार, उस पर विरक्ति और लज्जा से सारे शरीर में भीतर से मानो कंपकंपी आने लगी।

दूसरे दिन दोपहर को घर में मृदु शब्द सुनकर हरिलक्ष्मी ने आंख खोलकर देखा तो विपिन की स्त्री चुपके से बाहर जा रही है। उसने बुलाकर कहा, "मंझली बहू, चली जा रही हो जो?"

मंझली बहू ने शरमाते हुए लोटकर कहा, "मैंने सोचा कि आप सो रही हैं। आज कैसी तबीयत है जीजी?'

हरिलक्ष्मी ने कहा, "आज बहुत अच्छी हूं। कहां, तुम अपने लल्ला को तो नहीं लाईं?

मंझली बझू ने कहा, "आज वह अचानक सो गया, जीजी।"

"अचानक सो गया, इसका मतलब?"

"आदत खराब हो जाएगी, इसलिए दिन में मैं उसे सोने नहीं देती, जीजी।"

हरिलक्ष्मी ने पूछा, "घाम में ऊधम करता नहीं फिरता?" मंझली बहू ने कहा, "करता क्यों नहीं फिरता? मगर दोपहर को सोने की अपेक्षा वह कहीं अच्छा।"

"तुम खुद शायद नहीं सोतीं?"

मंझली बहू ने हंसते हुए सिर हिलाकर कहा, "नहीं।"

हरिलक्ष्मी ने सोचा था, स्त्रियों के स्वभाव के अनुसार अब की बार शायद वह अपने अनवकाश की लंबी सूची सुनाने बैठ जाएगी, मगर उसने ऐसी कोई बात नहीं की। इसके बाद और–और बातें होने लगीं। बात-बात में हरिलक्ष्मी अपने मायके की बात, भाई-बहन की बात, मास्टर साहब की बात, स्कूल की बात,–यहां तक कि अपने मैट्रिक पास करने की भी बात कह डाली। बहुत देर बाद जब उसे होश आया, तब उसने स्पष्ट देखा कि मंझली बहू श्रोता के लिहाज से चाहे जितनी अच्छी क्यों न हो, वक्ता के लिहाज से वह कुछ भी नहीं। अपनी बात प्राय: कुछ कही ही नहीं। पहले तो लक्ष्मी को शरम मालूम हुई, पर उसी वक्त उसे मालूम हुआ कि गपशप करने लायक उसके पास है ही क्या! मगर कल जैसे इस बहू के विरुद्ध उसका मन अप्रसन्न हो उठा था, आज वैसे ही उसे भारी तृप्ति-सी मालूम हुई।

दीवार पर टंगी हुई कीमती घड़ी में नाना प्रकार के बाजों के साथ तीन बजे। मंझली बहू उठ खड़ी हुई और विनय के साथ बोली, "जीजी, अब चलती हूं।"

लक्ष्मी ने कुतूहल के साथ कहा, "बहन, तुम्हारी क्या तीन बजे तक ही छुट्टी रहती है? लालाजी क्या घड़ी देखकर ठीक टाइम से घर आते हैं?"

मंझली बहू ने कहा, "आज वे घर पर ही हैं।"

"फिर आज जल्दी काहे की, और थोड़ा बैठो न!"

मंझली बहू बैठी नहीं, लेकिन जाने के लिए पैर भी नहीं बढ़ा सकी। आहिस्ता से बोली, "जीजी, आपने कितनी शिक्षा पाई है, कितना पढ़ा-लिखा है, और मैं ठहरी गंवई-गांव की–"

"तुम्हारा मायका क्या गांव में है?"

"हां जीजी, बिल्कुल देहात में। बिना समझे कल क्या कहते क्या कह दिया हो,–पर असम्मान करने के लिए नहीं, आप मुझे जैसी भी कसम खाने को कहेंगी

जीजी–"

हरिलक्ष्मी दंग रह गई, बोली, "ऐसा क्यों कहती हो मंझली बहू, तुमने तो कल ऐसी कोई भी बात नहीं कही।"

मंझली बहू ने उसके जवाब में फिर कोई बात नहीं कही। परन्तु 'चल दी' कह कर जब वह फिर से विदा लेकर धीरे-धीरे ज़ाने लगी, तब उसका कण्ठ–स्वर अकस्मात् कुछ और ही तरह का सुनाई दिया।

रात को शिवचरण जब घर में आए, तब हरिलक्ष्मी चुपचाप लेटी हुई थी। शरीर अपेक्षाकृत स्वस्थ, मन भी शान्त और प्रसन्न था।

शिवचरण ने पूछा, "कैसी तबीयत है, बड़ी बहू ?"

लक्ष्मी उठ बैठी, बोली, "अच्छी है।"

शिवचरण ने कहा, "सबेरे की बात मालूम हुई ? बच्चू को बुलवाकर सबके सामने ऐसा झाड़ दिया है कि जनम–भर न भूलेगा। मैं बेलपुर का शिवचरण चौधरी हूं, हां !"

हरिलक्ष्मी डर गई, बोली, "किसे जी ?"

शिवचरण ने कहा, "विपिना को बुलाकर कह दिया, तुम्हारी स्त्री मेरी स्त्री के पास आकर शान दिखा के उसका अपमान कर गई, इतनी हिमाकत उसकी ! पाजी, नालायक, ओछे घर की लड़की कहीं की ! उसके बाल कटवाकर मुंह काला करके गधे पर चढ़ाकर गांव से निकाल बाहर कर सकता हूं, जानता है !"

हरिलक्ष्मी का रोग-क्लिष्ट चेहरा एकबारगी सफेद फक पड़ गया; वह बोली, "तुम कहते क्या हो जी ?"

शिवचरण अपनी छाती ठोककर गर्व के साथ कहने लगा, "इस गांव में जज समझो, मजिस्ट्रेट समझो, और दारोगा या पुलिस समझो,–सब कुछ यही बन्दा है ! यही वन्दा ! मारने की लकड़ी, जिलाने की,–सब मेरी मुट्ठी में हैं। तुम कहो तो कल ही अगर विपिन की बहू आकर तुम्हारे पैर न दबाए, तो मैं लाटू चौधरी की पैदाइश ही नहीं। मैं–"

इस तरह विपिन की बहू को सबके सामने अपमानित और लांछित करने के वर्णन और व्याख्यान में लाटू चौधरी के पुत्र ने अपशब्द और कुशब्दों के व्यय में कोई कसर नहीं रखी। और उसके सामने स्तब्ध निर्निमेष दृष्टि से देखती हुई हरिलक्ष्मी का मन कहने लगा–धरती माता, फट पड़ो !

2

दूसरी बार की तरुणी भार्या के शरीर की रक्षा के लिए शिवचरण सिर्फ एक अपनी देह के सिवा और सब कुछ दे सकता था। हरिलक्ष्मी वह देह बेलापुर में न सम्भाल सकी। डाक्टरों ने यह सलाह दी कि हवा-पानी बदलना चाहिए। शिवचरण ने अपने साढ़े पन्द्रह आने की हैसियत के अनुसार बड़े ठाट-बाट से हवा बदलने जाने की तैयारियां शुरू कर दी। यात्रा के शुभ मुहूर्त के दिन गांव के लोग टूट पड़े, सिर्फ आया नहीं तो एक विपिन और उसकी स्त्री। बाहर शिवचरण न कहने लायक बातें कहने लगा, और भीतर बड़ी बुआ ने उग्र रूप धारण कर लिया। बाहर भी 'स्थायी' स्वर में स्वर मिलने वालों की कमी न रही और भीतर भी उसी तरह बुआ के चीत्कार को बढ़ाने वाली स्त्रियां काफी जुट गईं। सिर्फ कुछ नहीं बोली तो एक हरिलक्ष्मी। मंझली बहू के प्रति उसके क्षोभ और अभिमान की मात्रा किसी से भी कम न थी; वह मन-ही-मन कहने लगी–मेरे बर्बर पति ने कितना भी अन्याय क्यों न किया हो, मैंने खुद तो कुछ नहीं कहा! परन्तु घर की और बाहर की औरतें जो कुछ आज चिल्ला रही थीं, उनके साथ किसी तरह स्वर में स्वर मिलाने में उसे घृणा मालूम होने लगी। जाते समय पालकी का दरवाजा हटा के लक्ष्मी ने उत्सुक दृष्टि से विपिन के टूटे-फूटे घर की खिड़की की ओर देखा, परन्तु किसी की छाया तक उसे दिखाई नहीं दी।

काशी में मकान ठीक कर लिया गया था। वहां की आब-हवा के गुण से लक्ष्मी के नष्ट स्वास्थ्य की पुनः प्राप्ति में देर न हुई। चार महीने बाद जब वह लौटकर घर आई, तब उसके शरीर की कान्ति देखकर स्त्रियों की गुप्त ईर्ष्या का ठिकाना न रहा।

हेमन्त श्रुत आ रही है। दोपहर को मंझली बहू बैठी अपने चिररुग्ण पति के लिए एक ऊनी गुलूबन्द बुन रही थी, पास ही लड़का बैठा खेल रहा था। वह देखकर चिल्ला उठा, "मां, ताई जी!"

मां ने हाथ का काम जहां का तहां छोड़कर झटपट उठकर नमस्कार किया

और बैठने के लिए आसन बिछा दिया। फिर खिले हुए चेहरे से कहा, "तबीयत ठीक हो गई जीजी !"

लक्ष्मी ने कहा, "हां, हो गई। मगर ठीक नहीं भी तो हो सकती थी। ऐसा भी तो हो सकता था कि फिर लौटकर ही न आती, फिर भी जाते समय तुमने जरा भी खोज–खबर नहीं ली; रास्ते-भर तुम्हारी खिड़की की तरफ देखती हुई गई, जरा एक बार छाया तक न दिखाई दी। मरीज बहन चली जा रही है, जरा मोह भी न हुआ, मंझली बहू ! ऐसी पत्थर की बनी हो तुम !"

मंझली बहू की आंखें डबाडबा आई, पर मुंह से कोई उत्तर न निकला।

लक्ष्मी ने कहा, "मुझमें और चाहे जो कुछ भी दोष हो, मंझली बहू, मेरा मन तुम्हारी तरह कठोर नहीं है। भगवान न करें, मगर ऐसे मौके पर मैं तुम्हें बिना देखे न रह सकती थी।"

मंझली बहू ने इस आरोप का भी कुछ जवाब नहीं दिया, वह चुपचाप खड़ी रही !

लक्ष्मी इसके पहले यहां और कभी नहीं आई, पहले-पहल आज ही उसने इस घर में पैर रखा था। वह इधर-उधर घूम-फिरकर सब कोठरियां देखने लगी। सौ साल का पुराना टूटा-फूटा मकान है, उसमें सिर्फ तीन कोठरियां किसी कदर रहने लायक हैं। दरिद्रता का आवास है–असबाब तो नहीं के बराबर है, दीवारों का चूना झरता जा रहा है, मरम्मत कराने की ताकत नहीं; फिर भी अनावश्यक गन्दापन कहीं जरा देखने को भी नहीं। छोटे-छोटे बिछौने हैं, पर साफ-सुथरे। दो-बार देवी-देवताओं के चित्र टंगे हैं, और हैं मंझली बहू के अपने हाथ की शिल्पकला के कुछ नमूने ! ज्यादातर ऊन और सूत के काम की चीजें हैं। उनमें न तो कोई नौसिखुए के हाथ का लाल चोंच वाला तोता ही है और न पंचरंगी बिल्ली की सूरत। कीमती फ्रेम में जड़े हुए लाल, नीले, बैंगनी, सफेद आदि रंगों के ऊन से बुने हुए 'वेलकम', 'स्वागतम्' या गलत उच्चारण के गीता के श्लोक भी नहीं। लक्ष्मी ने आश्चर्य के साथ पूछा, "यह किसकी तस्वीर दे मंझली बहू ? पहचाना हुआ-सा चेहरा मालम होता है ?"

मंझली बहू ने शरमाते हुए हंसकर कहा, "तिलक महाराज की तस्वीर देख-देखकर बिनने की कोशिश की थी, जीजी, पर कुछ बनी नहीं।" यह कहते हुए उसने उंगली उठाकर सामने की दीवार पर टंगे हुए भारत के कौस्तुभ

लोकमान्य तिलक का चित्र दिखा दिया।

लक्ष्मी बहुत देर तक उस तरफ देखती रही, फिर आहिस्ता से बोली, "पहचान नहीं सकी, यह मेरा ही कसूर है मंझली बहू, तुम्हारा नहीं। मुझे सिखा दोगी बहन? यह विद्या अगर सीख सकी तो तुम्हें गुरु मानने में हमें कोई ऐतराज न होगा।"

मंझली बहू हंसने लगी। उस दिन तीन-चार घंटे बाद लक्ष्मी जब लौटी तब यह बात तय कर गई कि वह शिल्पकला सीखने के लिए कल से रोज आया करेगी।

आने भी लगी, परन्तु, दस-पन्द्रह दिन में वह साफ समझ गई कि वह विद्या सिर्फ कठिन ही नहीं, बल्कि सीखने में भी काफी लम्बा समय लेगी। एक दिन लक्ष्मी ने कहा– "मंझली बहू, तुम मुझे खूब ध्यान से नहीं सिखाती हो।"

मंझली बहू ने कहा, "इसमें तो काफी समय लगेगा, जीजी, इससे अच्छा है कि आप और-और बुनावटें सीखें।"

लक्ष्मी भीतर-ही-भीतर गुस्सा हो गई पर इसे छिपाते हुए उसने पूछा, "तुम्हें सीखने में कितने दिन लगे थे, मंझली बहू?"

मंझली बहू ने जवाब दिया, "मुझे तो किसी ने सिखाया नहीं, जीजी, अपनी कोशिश से ही थोड़ा-थोड़ा करके–"

लक्ष्मी ने कहा, "इसी से। नहीं तो, दूसरे से सीखतीं तो तुम भी समय का हिसाब रखतीं।"

मुंह से चाहे वह कुछ भी कहे, पर मन-ही-मन उसने बिना किसी सन्देह के अनुभव किया कि मेधा और तीक्ष्ण बुद्धि में इस मंझली बहू के सामने वह खड़ी नहीं हो सकती। आज उसके सीखने का काम बढ़ न सका, और समय से बहुत पहले ही वह सुई-डोरा और पैटर्न लपेटकर घर चल दी। दूसरे दिन आई नहीं, और रोज के आने में यह पहले-पहल नागा हुआ।

तीन-चार दिन के बाद फिर एक दिन हरिलक्ष्मी अपने सुई-डोरे का बाक्स लेकर मंझली बहू के घर पहुंची। मंझली बहू तब अपने लड़के को रामायण से तस्वीरें दिखा-दिखाकर उसकी कथा सुना रही थी,–लक्ष्मी को देखते ही उठकर उसने आसन बिछा दिया। उद्विग्न कण्ठ से पूछने लगी, "दो तीन दिन आई नहीं, तबीयत ठीक नहीं थी क्या?"

लक्ष्मी ने गम्भीर होकर कहा, "नहीं तो, ऐसे ही पांच-छ: दिन नहीं आ सकी।"

मंझली बहू ने आश्चर्य प्रकट करते हुए कहा, "पांच-छ: दिन नहीं आईं? शायद इतने दिन हो गए होंगे। पर आज दो घण्टे ज्यादा रखकर नागों की कलर निकाल लेना चाहती हूं।"

लक्ष्मी ने कहा, "हूं। लेकिन मान लो, मेरी तबीयत ही खराब हुई होती, मंझली बहू, तुम्हें एक बार तो खबर लेनी चाहिए थी?"

मंझली बहू ने शरमाते हुए कहा, "लेनी जरूर चाहिए थी, पर घर-गृहस्थी के बहुत तरह के काम-धन्धे हैं–अकेली ठहरी, किसे भेजती बताइए? पर मैं मानती हूं, कसूर हुआ है जीजी।"

लक्ष्मी मन-ही-मन खुश हुई। पिछले कई दिन वह अत्यन्त अभिमान के कारण ही नहीं आई थी, और साथ ही, 'जाऊंगी-जाऊंगी' करके ही उसने दिन काटे हैं। इस मंझली बहू के सिवा सिर्फ घर ही में नहीं, बल्कि गांव-भर में ऐसी कोई नहीं है जिससे जी खोलकर वह हिल-मिल सके!

लड़का अपने मन से तस्वीरें देख रहा था। हरिलक्ष्मी ने उसे बुलाकर कहा, "निखिल, यहां मेरे पास आना, बेटा!"

उसके पास आने पर लक्ष्मी ने अपना बाक्स खोलकर एक पतली सोने की जंजीर निकालकर उसके गले में पहना दी, और कहा, "जाओ खेलो जाकर।"

मां का चेहरा गम्भीर हो गया; उसने पूछा, "आपने जंजीर क्या उसे दे दी?"

लक्ष्मी ने खिले हुए चेहरे से जवाब दिया, "और नहीं तो!"

मंझली बहू ने कहा, "आपके देने से ही वह ले लेगा?"

लक्ष्मी शर्मिन्दा हो उठी, बोली, "ताई क्या एक जंजीर भी नहीं दें सकती?"

मंझली बहू ने कहा, "सो मैं नहीं जानती जीजी, पर इतना जरूर जानती हूं कि मां होकर मैं लेने नहीं दे सकती।–निखिल, उसे उतारकर अपनी ताई जी को दे दो। जीजी, हम लोग गरीब हैं, पर भिखारी नहीं। यह बात नहीं कि कोई एक कीमती चीज अचानक मिले तो दोनों हाथ पसार कर लेने दौड़ें।"

लक्ष्मी दंग होकर बैठी रही। आज भी उसका मन कहने लगा–पृथ्वी फट, पड़ो!

जाते समय उसने कहा, "लेकिन यह बात तुम्हारे जेठजी के कानों तक पहुंचेगी मंझली बहू।"

मंझली बहू ने कहा, "उनकी बहुत-सी बातें मेरे कानों तक आती हैं, मेरी

एक बात उनके कानों तक पहुंच जाएगी तो कान अपवित्र नहीं हो जाएंगे!"

लक्ष्मी ने कहा, "अच्छी बात है, आजमा देखने से ही मालूम हो जाएगा।"

फिर जरा ठहरकर बोली, "खामखाह अपमानित करने की जरूरत नहीं थी, मंझली बहू। मैं भी सजा देना जानती हूं।"

मंझली बहू ने कहा, "यह आपकी नाराजी की बात है। नहीं तो, मैंने आपका अपमान नहीं किया, बल्कि सिर्फ आपको अपने पति का अपमान करने नहीं दिया,–इतना समझने की शिक्षा आपको मिली है।"

लक्ष्मी ने कहा, "सो मिली है, नहीं मिली है तो सिर्फ तुम जैसी गंवई-गांव की औरतों से झगड़ने की शिक्षा।"

मंझली बहू ने इस कटूक्ति का जवाब नहीं दिया,–चुप बनी रही।

लक्ष्मी चलने की तैयारी करके बोली, "इस जंजीर की कीमत चाहे कुछ भी हो, मैंने लड़के को प्यार से ही दी थी,–तुम्हारे पति के कष्ट दूर करने के ख्याल से कतई नहीं। मंझली बहू, तुमने बस इतना ही सीख रखा है कि बड़े आदमी–मात्र ही गरीबों का अपमान करते फिरते हैं।–वे प्यार भी कर सकते हैं, यह तुमने नहीं सीखा। सीखना जरूरी है।... मगर फिर जाकर हाथ-पैर छूती मत फिरना।" इसके जवाब में मंझली बहू ने सिर्फ मुस्कराकर कहा, "नहीं जीजी, इसकी चिन्ता तुम मत करो।"

3

बाढ़ के दबाव से मिट्टी का बांध टूटना शुरू होता है, तब उसकी मामूली-सी शुरुआत देखकर कल्पना भी नहीं की जा सकती कि लगातार चलने वाली पानी की धारा इतने कम समय के अन्दर ही उस टूटन को इतना भयंकर और ऐसा विशाल बना देगी। ठीक यही बात हरिलक्ष्मी के बारे में हुई। पति के पास जब उसने विपिन और उसकी स्त्री के विरुद्ध आरोप की बातें खतम की, तब उसके परिणाम की कल्पना करके वह स्वयं ही डर गई। झूठ कहने का उसका स्वभाव नहीं, और कहना भी चाहे तो उसकी शिक्षा और मर्यादा उसमें बाधक होती है; परन्तु इस बात को वह खुद भी न समझ पाई कि दुर्निवार जल-स्रोत की तरह जो बातें झोंक में उसके मुंह से जबरदस्ती निकल गईं, इनमें से बहुत-सी सच्ची नहीं थी, पर इस बात को समझना भी बाकी न रहा कि उसकी गति को रोकना उसके बूते के बाहर की बात थी। सिर्फ एक विषय में वह ठीक इतना नहीं जानती थी, यानी अपने पति के स्वभाव से वह पूरी तरह परिचित नहीं थी! उसके पति का स्वभाव जैसा निष्ठुर था, वैसा ही प्रतिहिंसा-परायण और उतना ही बर्बर। इस बात को मानो वह जानता ही नहीं कि किसी को कष्ट देने की सीमा कहां तक है। आज शिवचरण उछला-कूदा नहीं, सब सुन-सुना कर सिर्फ इतना ही बोला, "अच्छा, पांच-छ: महीने बाद देखना। यही ठीक समझ लेना, दूसरा साल न आने पाएगा।"

अपमान और लांछना की आग हरिलक्ष्मी के हृदय में जल ही रही थी-इस बात को वह वास्तव में चाहती थी कि विपिन की स्त्री को खूब अच्छी तरह सजा मिले। परन्तु शिवचरण के बाहर चले जाने पर उसके मुंह की इस मामूली-सी बात को मन-ही-मन दुहराने से हरिलक्ष्मी के मन में शान्ति नहीं मिली। उसे ऐसा मालूम होने लगा, जैसे कहीं कुछ बड़ी भारी खराबी हो गई है।

कुछ दिन बाद किसी बातचीत के सिलसिले में हरिलक्ष्मी ने पति से मुसकराते हुए पूछा, "उन लोगों के बारे में कुछ किया-कराया है क्या?"

"किन लोगों के बारे में ?

"विपिन लालाजी के बारे में ?"

शिवचरण ने निस्पृह भाव से कहा, "क्या करता और कर भी क्या सकता हूं ? मैं मामूली आदमी जो ठहरा।"

हरिलक्ष्मी ने उद्विग्न होकर पूछा, "इसके मानी ?"

शिवचरण ने कहा, "मंझली बहू कहा करती है न, कि राज्य तो जेठजी का नहीं है–अंग्रेज सरकार का है !"

हरिलक्ष्मी ने कहा, "ऐसा कहा है क्या ? लेकिन, अच्छा–"

"अच्छा क्या ?"

स्त्री ने जरा सन्देह प्रकट करते हुए कहा, "लेकिन मंझली बहू तो ठीक इस तरह की बात कभी कहती नहीं। बहुत चालाक है क्या ? बहुत-से लोग शायद बात बढ़ा-चढ़ाकर चुगली भी कर दिया करते हैं।"

शिवचरण ने कहा, "इसमें आश्चर्य की कोई बात नहीं। मगर यह बात तो मैंने अपने कानों से सुनी है।"

हरिलक्ष्मी इस बात पर विश्वास न कर सकी। पर उस समय के लिए पति का मनोरंजन करने के खयाल से सहसा गुस्सा दिखाती हुई बोली, "कहते क्या हो, इतना घमण्ड ! मुझे तो खैर जो कुछ कहा, लेकिन जेठ लगते हो, तुम्हारी तो जरा इज्जत करनी चाहिए थी ?"

शिवचरण ने कहा, "हिन्दुओं के घर ऐसा ही तो सब समझते हैं। पढ़ी-लिखी विद्वान् औरत ठहरी न ! इसी से। पर मेरा अपमान करके कोई भी बच नहीं सकता। बाहर जरा काम है, मैं जा रहा हूं।" इतना कहकर शिवचरण बाहर चल दिया। बात को जिस तरह हरिलक्ष्मी कहना चाहती थी, उस तरह न कह सकी, बल्कि वह उलटी हो गई, पति के चले जाने पर रह-रहकर उसे इसी बात का ख्याल होने लगा।

बाहर की बैठक में जाकर शिवचरण ने विपिन को बुलवाकर कहा, "पांच-सात साल से तुमसे कह रहा हूं विपिन, कि अपने मवेशियों को यहां से हटा लो, रात को सोना, मेरे लिए हराम हो गया है–सो क्या तुमने मेरी बात न सुनना ही तय कर लिया है ?"

विपिन ने आश्चर्य-चकित होकर कहा, "कहां, मैंने तो एक बार भी नहीं सुना भइया ?"

शिवचरण ने बड़ी आसानी के साथ कहा, "कम-से-कम दस बार तो मैंने अपने मुंह से कहा है तुमसे। तुम्हें याद न रहे तो कोई नुकसान नहीं, पर इतनी बड़ी जमींदारी का जो शासन करता है, उसकी बात भूल जाने से काम नहीं चल सकता। खैर, कुछ भी हो, तुम्हें खुद इस बात की अक्ल होनी चाहिए थी कि दूसरे की जगह में कैसे इतने दिनों तक मवेशी बांधे जा सकते हैं? कल ही वहां से सब हटा-हुटू लेना। मुझे फुरसत न मिलेगी, तुम्हें यह अन्तिम बार जता दिया मैंने।"

विपिन के मुंह से ऐसे ही बात नहीं निकलती, उस पर अकस्मात् इस परम आश्चर्यकारी प्रस्ताव के सामने वह एकबारगी अभिभूत हो गया। अपने बाबा के जमाने से उस जगह को वह अपनी ही समझता आ रहा है। इतनी बड़ी झूठ बात का वह प्रतिवाद तक न कर सका कि वह दूसरे की हैं, चुपचाप घर चला आया।

उसकी स्त्री ने सब बातें सुनकर कहा, "पर राज की अदालत तो खुली है!"

विपिन चुप रहा। वह चाहे भला आदमी क्यों न हो, इस बात को जानता था कि अंग्रेजी राज्य की अदालत का विशाल द्वार कितना भी खुला हुआ क्यों न हो, गरीबों के घुसने लायक रास्ता उसमें जरा-सा भी खुला नहीं। आखिर वही हुआ जो होना था। दूसरे दिन बड़े बाबू के लोग आए और उन्होंने पुरानी टूटी-फूटी गोशाला को तोड़कर उस जगह को लम्बी दीवार से घेर दिया। विपिन थाने में जाकर खबर दे आया, मगर आश्चर्य है कि शिवचरण की पुरानी ईंटों की नई दीवार जब तक पूरी नहीं बन गई, तब तक एक भी लाल पगड़ी उसके पास नहीं फटकी। विपिन की स्त्री ने हाथ की चूड़ियां बेचकर अदालत में नालिश की पर उससे सिर्फ चूड़ियां ही चली गईं और कुछ नहीं हुआ।

रिश्ते में विपिन की बुआ लगने वाली एक शुभाकांक्षिणी ने इस विपत्ति में विपिन की स्त्री को हरिलक्ष्मी के पास जाने की सलाह दी थी, इस पर उसने शायद कह दिया था कि शेर के आगे हाथ जोड़कर खड़ा होने से फायदा क्या बुआजी? प्राण तो जाने के हैं सो जाएंगे ही, ऊपर से अपमान और हाथ लगेगा।

यह बात जब हरिलक्ष्मी के कानों में पड़ी, तो वह चुप रही—किसी तरह का उत्तर देने की उसने कोशिश तक नहीं की।

काशी से हवा-पानी बदलकर आने के बाद एक दिन के लिए भी उसकी तबीयत विलकुल ठीक नहीं रही। इस घटना के महीने-भर वाद उसे फिर बुखार आने लगा। कुछ दिन तक गांव में ही इलाज होता रहा, मगर कोई फायदा

नहीं हुआ। तब डाक्टर की सलाह से उसे फिर बाहर जाने के लिए तैयारियां करनी पड़ी।

अनेक प्रकार के काम-काजों के मारे अब की शिवचरण का जाना न हो सका, वह गांव में ही रहा। जाते समय लक्ष्मी अपने पति से एक बात कहने के लिए भीतर-ही-भीतर फड़फड़ाती रही, पर किसी तरह मुंह खोलकर उस आदमी के सामने वह बात कह नहीं सकी। उसे बार-बार ऐसा मालूम होने लगा कि इनसे अनुरोध करना व्यर्थ है, इसके मानी ये नहीं समझ सकते।

4

हरिलक्ष्मी के रोगग्रस्त शरीर को पूर्णतया नीरोग होने में अबकी कुछ लम्बा समय लगा। करीब एक साल के बाद वह बेलपुर वापस आई। वह सिर्फ जमींदार की लाडली स्त्री ही तो नहीं, इतने बड़े घर की मालकिन भी तो है, इसलिए मुहल्ले की औरतों के झुंड-के-झुंड उसे देखने आए। जो सम्बन्ध में बड़ी थीं, उन लोगों ने आशीर्वाद दिया और जो छोटी थीं, उन्होंने पांव छुए। आई नहीं तो सिर्फ विपिन की स्त्री। इस बात को हरिलक्ष्मी जानती थी कि वह नहीं आएगी। इस एक साल के अन्दर विपिन के घर के लोग किस तरह रहे; फौजदारी और दीवानी मामले जो उनके विरुद्ध चल रहे थे, उनका क्या नतीजा हुआ-इनमें से कोई भी खबर उसने किसी से जानने की कोशिश नहीं की। शिवचरण कभी घर पर और कभी पश्चिम में जाकर स्त्री के साथ रह आया करता था। जब-जब पति से भेंट हुई है तभी तब हरिलक्ष्मी के मन में सबसे पहले इन लोगों के बारे में जानने की इच्छा हुई है, परन्तु फिर भी, एक दिन भी, उसने पति से कोई बात नहीं पूछी। पूछते हुए उसे डर लगता था। सोचती, इतने दिनों में कुछ-न-कुछ निबटारा हो ही गया होगा और शायद इनके क्रोध में अब उतनी तेजी नहीं रही। इस आशंका से कि पूछताछ करने से फिर कहीं पहले का घाव ताजा न हो जाए। वह ऐसा भाव धारण किए रहती जैसे वे सब तुच्छ बातें अब उसे याद ही नहीं। उधर शिवचरण भी अपनी तरफ से किसी दिन की विपिन की बात नहीं छेड़ता। इस बात को वह हरिलक्ष्मी से छिपाये ही नहीं रखता कि अपनी स्त्री के अपमान की बात वह भूला नहीं है, बल्कि उसकी अनुपस्थिति में इसका काफी इन्तजाम उसने कर रखा है। उसके मन में साध थी कि लक्ष्मी घर जाकर अपनी आंखों से ही सब देखभाल ले और तब मारे आनन्द के फूली न समाए।

ज्यादा दिन चढ़ने के पहले ही बुआजी की बारम्बार स्नेहपूर्ण ताड़ना से लक्ष्मी जब नहा-धोकर निश्चिन्त हुई, तो बुआजी ने उत्कण्ठा प्रकट करते हुए कहा, “अभी तुम्हारा शरीर कमजोर ठहरा बहूरानी, तुम अब नीचे न जाओ–यहीं

तुम्हारे लिए थाली परसवाकर मंगवाए देती हूं।"

लक्ष्मी ने आपत्ति करते हुए हंसकर कहा, "मेरा शरीर पहले जैसा ही ठीक हो गया है बुआजी, मैं नीचे रसोई में जाकर खा जाऊंगी, ऊपर सब ढोकर लाने की जरूरत नहीं। चलो, नीचे ही चलती हूं।"

बुआजी ने 'शिबू की तरफ से मनाई हैं कहते हुए उसे रोक दिया। उनका हुक्म पाकर नौकरानी जगह साफ करके आसन बिछा गई। दूसरे ही क्षण मिसरानी भोजन लेकर हाजिर हुई। उसके थाली रखकर चले जाने पर लक्ष्मी ने आसन पर बैठते हुए पूछा, "ये मिसरानी जी कौन-सी हैं बुआजी, पहले तो कभी नहीं देखा इन्हें।"

बुआजी ने हंसकर कहा, "पहचान न सकी बहूरानी, यह तो अपने विपिन की बहू है।"

लक्ष्मी स्तब्ध होकर बैठी रह गई। मन-ही-मन समझ गई, उसे एकाएक आश्चर्यचकित कर देने के लिए ही इतना षड्यन्त्र करके इस तरह छिपा रखा गया था। कुछ देर में अपने को सम्हालकर वह जिज्ञासु मुख से बुआजी की तरफ देखने लगी।

बुआजी ने कहा, "विपिन मर गया है, सुन लिया होगा ?"

लक्ष्मी ने कुछ भी नहीं सुना था; परन्तु अभी तुरन्त जो थाली परस गई है, उसकी तरफ देखते ही यह बात मालूम हो जाती है कि वह विधवा है। उसने सिर हिलाकर कह दिया, "हां।"

बुआजी ने बाकी घटना का वर्णन करते हुए कहा, "जो कुछ बचा-खुचा था खाक-धूल, सो सब मुकदमेबाजी में स्वाहा करके विपिन तो मर गया। जब देखा कि बाकी रुपया चुकाने में मकान भी हाथ से जाता है, तब हम ही लोगों ने सलाह दी–'मंझली बहू, साल दो-साल अपनी देह से मेहनत करके रुपये चुका दे, जिससे तेरे लड़के के लिए कम-से-कम बैठने के लिए तो जगह बची रहे।''

लक्ष्मी अपने सफेद फक चेहरे से, उसी तरह पलकहीन नेत्रों से, चुपचाप देखती रह गई। बुआजी ने सहसा गले का स्वर धीमा करके कहा, "फिर भी मैंने एक बार उसे अलग ले जाकर कहा था कि मंझली बहू जो होना था सो हो गया, अब उधार-उधूर करके जैसे बने एक बार काशी जाकर बड़ी बहू के पैरों पड़ आ!

लड़के को उनके पैरों पर डालकर कहना–"जीजी, इसका तो कोई कसूर नहीं, इसे बचाओ–' "

बात करते-करते बुआजी आंखों से आंसू पोंछती हुई बोली, "मगर बन्दी सिर नीचा किए मुंह बन्द करके बैठी रही–उसने हां-ना कुछ जवाब तक नहीं दिया।"

हरिलक्ष्मी समझ गई, इसका सारा-का-सारा पाप मेरे ही सिर पर आ पड़ा हैं ! उसके मुंह का अन्न-व्यंजन सब-का-सब कड़ुआ जहर हो गया, फिर वह एक गस्सा भी न निगल सकी। बुआजी किसी काम से थोड़ी देर के लिए कमरे से बाहर चली गई थीं, लौटकर जब उन्होंने लक्ष्मी की थाली की दशा देखी तो वे चंचल हो उठीं। जोर से पुकारने लगीं, "विपिन की बहू ! विपिन की बहू !" विपिन की बहू के दरवाजे के बाहर आकर खड़ी होते ही वे जोर-से बिगड़ पड़ीं। इसके कुछ ही क्षण पहले करुणा के मारे उनकी आंखों में जो आंसू भर आए थे, तुरन्त ही न जाने वे कहां उड़ गए। तीक्ष्ण स्वर में कहने लगी, "ऐसी लापरवाही से काम करने से तो नहीं चल सकता, विपिन की बहू ! बहूरानी एक दाना भी मुंह में न दे सकीं, ऐसी बुरी रसोई बनाई है !"

दरवाजे के बाहर से इस तिरस्कार का कोई जवाब नहीं आया, परन्तु दूसरे के अपमान के भार से लज्जा और वेदना के मारे हरिलक्ष्मी का अपमे कमरे के ही भीतर सिर नीचा हो गया।

बुआजी ने फिर कहा, "नौकरी करने चली हो, सो चीज-वस्तु को बिगाड़ से काम न चलेगा, बेटी ! और भी पांच जनी जैसे काम करती हैं, तुम्हें भी वैसे ही करना चाहिए, सो कहे देती हूं।"

विपिन की स्त्री ने अब की बार धीरे से कहा, "जी–जान से कोशिश तो ऐसी हो करती हूं बुआजी, आज मालूम नहीं कैसे क्या हो गया।" इतना कहकर उसके नीचे चले जाने पर, लक्ष्मी के उठकर खड़े होते ही बुआजी 'हाय-हाय' कर उठीं। लक्ष्मी ने मुलायमियत के साथ कहा, "क्यों अफसोस कर रही ही बुआजी, मेरी तबीयत ठीक नहीं, इससे नहीं खा सकी। मंझली बहू की रसोई में कोई खराबी नहीं है।"

हाथ-मुंह धोकर हरिलक्ष्मी अपने एकाम्त कमरे में गई, तो उसका दम-सा घुटने लगा। सब तरह का अपमान सहते हुए भी शायद विपिन की स्त्री का इस घर में नौकरी करना चल सकता है, पर आज के बाद गृहिणी-पन का व्यर्थ श्रम

करके इस घर में उसके दिन कैसे बीतेंगे? मंझली बहू के लिए तो फिर भी एक सान्त्वना है-बिना कसूर के दु:ख सहने की सान्त्वना, परन्तु स्वयं लक्ष्मी के लिए कहां क्या बाकी रह गया!

रात को लक्ष्मी पति के साथ बात क्या करती, उससे अच्छी तरह उनकी तरफ देखा भी न गया। आज उसके मुंह के एक शब्द से विपिन की स्त्री का सब दुःख दूर हो सकता था, किन्तु निरुपाय अबला नारी से जो आदमी इतना जबरदस्त बदला ले सकता है–जिसके पौरुष में यह बात खटकती तक नहीं, उससे भीख मांगने की हीनता स्वीकार करने में लक्ष्मी की किसी कदर प्रवृत्ति नहीं हुई। शिवचरण ने जरा हंसकर पूछा, "मंझली बहू से भेंट हुई? कहो, कैसी रसोई बनाती है?"

हरिलक्ष्मी जवाब न दे सकी। वह सोचने लगी, यह आदमी उसका पति है और जिन्दगी-भर इसी के साथ रहकर घर-गृहस्थी चलानी होगी! सोचते-सोचते उसका मन कहने लगा–पृथ्वी, फट पड़ो!

दूसरे दिन, सबेरे उठते ही लक्ष्मी ने दासी के द्वारा बुआजी को कहला भेजा, उसे बुखार आ गया है, वह कुछ खाएगी नहीं।

बुआजी ने उसके कमरे में आकर जिरह करते-करते नाक में दम कर दिया। उसके चेहरे के रुख से और कण्ठ-स्वर से उन्हें न जाने कैसा एक संदेह-सा हो गया–उनकी बहूरानी शायद कुछ छिपाने की कोशिश कर रही है। बोली, "लेकिन तुम्हें तो सचमुच बुखार आया नहीं, बहूरानी?"

लक्ष्मी ने सिर हिलाकर जोर से कहा, "मुझे बुखार है, मैं कुछ खाऊंगी।"

डाक्टर के आने पर उसे बाहर से ही विदा करते हुए कहा, "आप तो जानते हैं, आपकी दवा से मुझे कुछ फायदा नहीं होता–आप जाइए।"

शिवचरण ने आकर बहुत-कुछ पूछा-ताछा, पर किसी भी बात का उसे उत्तर नहीं मिला।

और भी दो-तीन दिन जब इसी तरह बीत गए, तब घर के सभी लोग न जाने कैसी एक अज्ञात आशंका से उद्विग्न हो उठे।

उस दिन, दिन के करीब तीसरे पहर, लक्ष्मी गुसलखाने से निकलकर चुपचाप दबे पांव आंगन के एक किनारे से ऊपर आ रही थी, बुआजी रसोईघर के बरामदे से उसे देखकर चिल्ला 'उठीं, "देखो बहूरानी, विपिन की बहू की करतूत देखो! ऐं, मंझली बहू अन्त में चोरी करने पर उतर आई!"

हरिलक्ष्मी पास जाकर खड़ी हो गई। मंझली बहू जमीन पर चुपचाप नीचे मुंह किए बैठी थी, एक बरतन में कुछ खाना अंगोछे से ढका रखा था। बुआजी ने उसे दिखाते हुए कहा, "तुम्हीं बताओ बहूरानी, इतना भात और तरकारी एक आदमी खा सकता है? घर लिए जा रही है लड़के के लिए!-जबकि बार-बार इसे मना कर दिया गया है। शिवचरण के कान में भनक पड़ने पर फिर खैर नहीं; गरदन पकड़कर निकाल बाहर करेगा। बहूरानी, तुम मालकिन हो, तुम्हों इसका न्याय कर दो।" इतना कहकर बुआजी ने मानी अपना एक कर्त्तव्य समाप्त करके दम लिया।

बुआजी का चीत्कार सुनकर घर के नौकर, नौकरानी और भी लोग-बाग जो जहां थे सब आकर इकट्ठे हो गए और लगे तमाशा देखने। उन सबके बीच में बैठी थी उस घर को मंझली बहू और उनकी मालकिन यानी इस घर की गृहिणी।

लक्ष्मी को इस बात का स्वप्न में भी ख्याल न था कि इतनी छोटी–इतनी तुच्छ चीज के बारे में इतना बड़ा भद्दा काण्ड हो सकता है। अभियोग का जवाब तो क्या देती, मारे अपमान, अभिमान और लज्जा से वह मुंह भी न उठा सकी। लज्जा और किसी के लिए नहीं, स्वयं अपने ही तईं थी। आंखों से उसके आंसू गिरने लगे। उसे मालूम होने लगा, इतने लोगों के सामने वही मानो पकड़ी गई है और विपिन की बहू उसका विचार करने बैठी है।

दो-तीन मिनट तक इसी तरह रहकर सहसा बड़ी कोशिश से अपने को सम्हालकर लक्ष्मी ने कहा, "बुआजी, तुम सब लोग यहां से चली जाओ।"

उसका इशारा पाते ही जब सब चले गए, तब लक्ष्मी धीरे से मंझली बहू के पास आकर बैठ गई। फिर हाथ से उसका मुंह उठाकर देखा, उसकी भी दोनों आंखों से टपटप आंसू गिर रहे थे। लक्ष्मी बोली, "मंझली बहू, मैं तुम्हारी जीजी हूं–" इतना कहकर उसने अपने आंचल से उस-के आंसू पोंछ दिए।

•••